grafit

Chemnitzer Str. 31, D-44139 Dortmund
Internet: http://www.grafit.de
E-Mail: info@grafit.de

Umschlagillustration: Peter Bucker
Druck und Bindearbeiten: Fuldaer Verlagsagentur, Fulda
ISBN 3-89425-276-6
1. 2. 3. 4. 5. / 2005 2004 2003

Ralph Gerstenberg

Grimm und Lachmund

Kriminalroman

grafit

Der Autor

Ralph Gerstenberg, geboren 1964 in Berlin, nach dem Abitur Tätigkeiten als Buchhändler, Kleindarsteller und Journalist, 1991–1997 Studium der neueren deutschen Literatur, Kultur- und Theaterwissenschaft, seit 1997 freiberuflicher Autor und Journalist in Berlin.

Grimm und Lachmund ist der erste Henry-Palmer-Krimi (Erstveröffentlichung 1998 im Argument Verlag). Es folgten *Ganzheitlich sterben* und *Hart am Rand* (beide Grafit Verlag).

Kunst als Waffe

Der junge Mann auf dem Fußboden gab keinen Laut von sich. So war er mir bedeutend lieber als mit der Pistole in der Hand, die jetzt vor mir auf dem Tisch lag. Russisches Fabrikat. Oder sollte es heißen sowjetisches? Jedenfalls sah sie alt aus, wie ein Modell aus dem Zweiten Weltkrieg. Ich nahm sie in die Hand. Sie war kalt und schwer und roch nach Öl. Ich versuchte das Magazin herauszuziehen, doch es klemmte. Obwohl ich gerne gewusst hätte, ob sie geladen war, machte ich nicht weiter. Es kam nicht allzu oft vor, dass ich mit so einem Ding herumspielte. Genau genommen war es das erste Mal. Aber – es beruhigte mich. Ich zündete mir eine Zigarette an und hatte an diesem völlig verrückten Tag zum ersten Mal das Gefühl, Herr der Lage zu sein.

Ich musste lachen. Jetzt konnte ich lachen. Die Nummer, die der Junge hier abgezogen hatte, war ja auch wirklich nicht schlecht gewesen.

Es war schon spät und ich hatte gerade meine Sachen zusammengepackt, als es klingelte. Ich dachte, Nicole hätte ihre Meinung geändert, was manchmal vorkam, oder es wäre die Polizei, wegen des aufgebrochenen Siegels an der Wohnungstür. Doch dann stand da dieser nervöse junge Mann und bedrohte mich mit der Pistole. Ich weiß nicht, wie lange ich abwechselnd in die Mündung und in sein Gesicht starrte. In meinem Kopf herrschte Funkstille – keine Ahnung, was gerade ablief. Ehrlich gesagt, versuchte ich erst gar nicht, irgendetwas zu kapieren. Es war definitiv zu viel.

Auch mein unerwarteter Besucher schien im Augenblick ein wenig überfordert zu sein. »Kein Wort«, befahl er, obwohl ich noch immer sprachlos war, und stieß mir den Lauf seiner Waffe gegen den Brustkasten. Ich stolperte rückwärts in den Korridor. Trotzdem registrierte ich, wie sich das R ein wenig in seinem Rachen verkantete.

Er schloss die Tür sachte, fast ohne Geräusch. Vorsichtshalber lief ich ein paar Schritte weiter zurück und nahm die Hände hoch. Ich musste aufpassen, dass ich nicht über meine Winterstiefel oder die Pakete und Koffer fiel, die zu beiden Seiten am Rand standen, sodass vom Flur nur noch ein schmaler Gang von etwa einem halben Meter übrig blieb. Nicole hatte sich oft genug darüber beschwert, dass sich »der ganze Kram« in meinem Korridor stapelte – Sachen, die ich ungefähr so oft benutzte wie das Wort Mannequin –, und, wenn sie in Form war, ihrer Argumentation Nachdruck verliehen, indem sie einen meiner eingestaubten Stiefel quer durch den Raum kickte. Wie Recht sie hatte.

Der junge Mann folgte mir in einem Abstand von ungefähr zwei Metern. Nebenbei öffnete er nacheinander die Küchentür und die Tür zum Bad – das eigentlich nur ein Klo plus Waschbecken plus Duschecke war –, das heißt: Er stieß sie auf, nahm Deckung und sprang mit vorgehaltener Waffe um die Ecke. Zweifellos, er hatte seine Vorbilder. Doch bestand ebenfalls kein Zweifel daran, dass sie ihm eine Nummer zu groß waren. Die ganze Aktion passte nicht zu ihm. Er wirkte unsicher, beinahe verzweifelt, als wäre er mit seinen Nerven am Ende. Gerade deshalb hielt ich ihn für besonders gefährlich. Wäre schließlich nicht das erste Mal, dass einer durchdreht und Unbeteiligte darunter zu leiden hatten. Also vermied ich alles, was ihn irgendwie reizen konnte. Ich bewegte mich langsam, Schritt für Schritt; so kam ich selbst an dem Garderobenständer, ohne mich umzudrehen, einigermaßen elegant vorbei.

Mitten im Zimmer – in der Wohnung gab es nur dieses eine – blieb ich stehen. Obgleich es mit einem Blick zu übersehen war, zog mein Gast es vor, von der Türschwelle aus das Feld zu sondieren. Abgesehen von der Pistole, deren Lauf wieder auf meine Brust zielte, hätte man ihn für jemand halten können, der zur Besichtigung da war und die Atmosphäre erst einmal gründlich auf sich wirken lassen wollte. Mein Klappsofa – eine Spezialanfertigung aus den Fünfzigerjahren, das behauptete zumindest der Trödler, von dem ich es hatte – schien es ihm besonders angetan zu haben. Immer wieder musterte er das eher hässliche Möbelstück, als wäre es etwas wirklich Außergewöhnliches. Außergewöhnlich hässlich vielleicht! Aber er war ganz sicher nicht gekommen, um mir Einrichtungstipps zu geben.

Ich hatte noch immer die Hände erhoben und wäre ihm dankbar gewesen, wenn er langsam ein paar von seinen Motiven hätte durchscheinen lassen, derentwegen er mich so überraschend besuchte. Sicher, ich ahnte schon, womit es zusammenhing, aber im Moment war es sein Auftritt.

Mit einer Handbewegung ließ er mich die Hände runternehmen und auf einen der beiden Korbsessel setzen, die in einem stumpfen Winkel zum Rauchtisch standen. Ich hatte den Eindruck, dass er etwas sagen wollte; zumindest sah es so aus. Vorher machte er jedoch einen verhängnisvollen Fehler, der durch nichts – aber auch gar nichts – wieder gutzumachen war: Er lehnte sich gegen das zweieinhalb Meter hohe Bücherregal, das, wenn man hereinkam, links neben der Tür stand!

Als ich Ende der Achtzigerjahre in diese Wohnung gezogen war, gab es noch kein IKEA am Stadtrand, und wer mit den überteuerten Pressspanschrankwandteilen des DDR-Einzelhandels nichts im Sinn hatte, musste sich wohl oder übel Bretter besorgen und daraus selbst seine Regale zimmern. Meine handwerklichen Fähigkeiten waren jedoch nicht besonders ausgeprägt und das Ergebnis war eine ziemlich wacklige Angelegenheit geworden. Eigentlich konnte es nur vom Gewicht der Bücher im Lot gehalten werden. Leer wäre es auf der Stelle umgekippt. Bisher hatte ich jedoch jeden, der sich diesem statischen Wunder zu nähern beabsichtigte, rechtzeitig warnen können.

Doch dazu war es jetzt zu spät. Das Regal neigte sich nach links und das Bord, das über der Tür hing und als eine Art Aufsatz meine Konstruktion mit der Wand verbinden sollte, verlor seinen Halt und kam herunter. Der gesamte Brecht – Briefe, Arbeitsjournal und zirka ein halbes Pfund Staub inklusive – landete auf dem Kopf des ungebetenen Gastes. Er brach auf der Stelle zusammen.

Der ganze Vorgang war ungefähr so komisch wie die Prügelszenen in einem Lemmy-Caution-Krimi. Im Augenblick war ich jedoch zu perplex, um darüber lachen zu können. Seitdem es an der Tür geklingelt hatte, waren vielleicht drei bis vier Minuten vergangen.

Sie saßen auf Korbstühlen in Havanna und vergaßen die Welt – ein Satz, der irgendwo in einem der Bücher stehen musste, unter denen der junge Mann begraben war, kam mir seltsamerweise in den Sinn. Vielleicht wäre das nicht das Schlechteste, dachte ich: einfach sitzen bleiben und alles vergessen. Doch Havanna war weit.

Ich drückte die Zigarette aus. Mein Gast war noch immer bewusstlos. Über der Stirn zeigte sich eine leichte Platzwunde. Sicher hatte ihn dort eine Kante des Eichenholzbrettes erwischt, als es samt einem halben Zentner Belletristik aus dem freien Fall auf seinen Kopf geprallt war.

In den Taschen seiner Jeansjacke fand ich ein Springmesser, eine zerdrückte Packung *West*, ein Streichholzheft mit einem Aufdruck der Bundesbahn, eine Ausgabe der *BZ*, datiert vom morgigen Tag, zwei Zwanzigmarkscheine und einen polnischen Pass.

Er hieß Andrzej Pszoniak und war vor gut neunzehn Jahren in Szczecin geboren worden. Ich staunte mehr über sein Alter als über seine Nationalität. Er war nicht sehr groß, höchstens eins siebzig, und von eher schmächtiger Statur. In seinem schmalen Gesicht gab es kaum ein Barthaar, dafür jede Menge Akne. Sicher lag es an solchen Details, dass ich ihn nicht älter als sechzehn geschätzt hatte. Auf dem Passbild wirkte er wie ein harmloser Gymnasiast, der er ja normalerweise vielleicht auch war.

Die Pistole und das Springmesser steckte ich zu meinen Sachen, die ich in eine Reisetasche gepackt hatte, kurz bevor er gekommen war. Außer der Zeitung verteilte ich sein restliches Eigentum wieder in seinen Jackentaschen.

Einen Augenblick dachte ich daran, die Polizei zu rufen. Aber ich fand, dass er mir eine Erklärung schuldig war, die zunächst nur mich etwas anging.

Ich goss mir ein Whiskyglas halb voll mit trockenem Sherry. Etwas Stärkeres wäre mir jetzt zwar lieber gewesen, aber es war nichts da. Dann setzte ich mich auf einen der Sessel und versuchte, mich zu beruhigen. Ich konnte jedoch mein Gehirn nicht abschalten. Rücksichtslos wie ein Agenturticker produzierte es einen Satz nach dem anderen. Alle endeten mit einem Fragezeichen. Um mich abzulenken, blätterte ich in der Zeitung, die noch immer auf dem Tisch lag. Beamte der Berliner Justizvollzugsanstalten klagten über zu viele Überstunden. Ein Obdachloser war von mehreren Jugendlichen auf einem U-Bahnhof überfallen und brutal zusammengeschlagen worden. In einem Waldstück bei Frankfurt (Oder) hatte ein Forstarbeiter die Leiche eines zwölf- bis dreizehnjährigen Jungen gefunden, dessen Identität noch nicht geklärt war. Er hatte eine tiefe Wunde am Hinterkopf und Würgemerkmale am Hals. Vermutlich war er sexuell missbraucht worden. Solche netten Sachen las also der *BZ*-Berliner morgen zum Frühstück. Ich wollte die Zeitung schon weglegen, als ich ein Foto entdeckte. Dann las ich die dazugehörige Überschrift und konnte einfach nur noch lachen. Die Ereignisse schienen sich zu überschlagen und ich hatte das dumme Gefühl, nicht ganz auf dem Laufenden zu sein. Dabei hatte alles ganz harmlos angefangen.

Wiedersehen in New York

Ich hatte mich wirklich darauf gefreut, Hannah wiederzusehen, auch wenn sie jetzt Hannah Grimm hieß, woran ich mich niemals gewöhnen würde. Hannah Lachmund war einfach zu wunderbar, als dass man es aufgab, ohne gleichzeitig auch etwas anderes aufzugeben. Natürlich, ein Doppelname kam nicht infrage: Lachmund-Grimm, Grimm-Lachmund – wer außer ein paar zwanghaften Dialektikern hätte schon Freude daran, als personifizierter Antagonismus durch die Welt zu spazieren! Andererseits wollte mir nicht in den Kopf, wie ein Mensch, der Grimm hieß, etwas dagegen haben konnte, seinen Namen in Lachmund zu ändern. Ich muss gestehen, dass ich von vornherein eine Abneigung hatte gegen den Mann. Er war Anwalt – mindestens zehn Jahre älter, vermutete ich – und wollte in Berlin eine Kanzlei eröffnen. Mehr hatte Hannah am Telefon nicht verraten.

Ich war mit ihr um 21 Uhr in den *Turmstuben* am Gendarmenmarkt verabredet. Die Sonne färbte die Kuppel des Französischen Doms rötlich, als ich eine Viertelstunde zu früh in die Französische Straße einbog. Es war noch immer ziemlich heiß und ich bereute es allmählich, zur Feier des Tages ein Leinenhemd statt des üblichen T-Shirts unter mein Jackett gezogen zu haben. Sicher hatte ich schon Schweißflecke unter den Achseln. Die Plastikfolie, in die die Rose gewickelt war, die ich am S-Bahnhof Friedrichstraße gekauft hatte, klebte mir an den Fingern.

Gegenüber vom *Charlottenhof* standen orange Kräne neben einem fast fertigen Stahlbetonbau. Eine Tafel mit der Abbildung des Gebäudekomplexes wies darauf hin, dass hier der *Hofgarten am Gendarmenmarkt* entstand, »ein neues Stück Berlin, ganz in der Tradition dessen, was die Architektur dieser Stadt so liebens- und lebenswert macht«. Wer die

Stadtentwicklung der letzten Jahre ein bisschen verfolgt hatte, wusste, was mit »liebens- und lebenswert« gemeint war: ein Luxus-Hotel, ein paar Nobelboutiquen, Büros und Apartments – alles ungefähr so stilvoll und interessant wie das Europa-Center, die Markthalle am Alexanderplatz oder eine Weddinger Mietskaserne. Trotzdem war es immer wieder bemerkenswert, wie diese Bagage es verstand, ihre Spekulationsobjekte in der Öffentlichkeit als Segen der Menschheit und geradezu lebensstiftend darzustellen: »ein lebendiges Stück von Berlin-Mitte« sollte hier »wiedererstehen«.

In den *Turmstuben* hatte sich seit ihrer Eröffnung irgendwann in den Achtzigerjahren nicht viel verändert. Allerdings ging es auch hier nicht besonders lebendig zu. Der obligate Schnauzer des Kellners war inzwischen zum Kaiser-Wilhelm-Bart mutiert und im Gegensatz zu früher drängelte man sich nicht vor der Tür, um irgendwann in anderthalb Stunden hereingelassen zu werden. Aber ansonsten: das gleiche piefige Ambiente wie zu DDR-Zeiten! Selbst der Schrank hinter der Theke, der aussah, als hätte ihn eine Brigade von Facharbeitern in einem volkseigenen Möbelkombinat zwischen Frühstück und Mittag zusammengeleimt – was ganz sicher auch der Fall gewesen war –, konnte sich halten. Manche Dinge sind einfach unverwüstlich. Irgendjemand mit besonders bizarrem Geschmack hatte obendrauf ein paar Teelichter in gleichmäßigen Abständen aufgereiht, höchstwahrscheinlich, um mit dem matten Glanz der formschönen Aluminiumhüllen die Gäste zu verzaubern.

Hannah war noch nicht da. Außer einem jungen Paar, das nebeneinander saß und mich über bauchige Rotweingläser hinweg ungeniert und stumm fixierte, war ich der einzige Gast. Anstandshalber wies ich den Kellner darauf hin, dass Hannah für uns beide einen Tisch bestellt hatte.

»Auf welchen Namen, bitte?«

»Lachmund, äh … Grimm.«

Wilhelm II. blätterte in seinen Notizen. Er gab uns einen Tisch in einem Winkel gegenüber der Theke. Zwar konnte man von hier aus nur zirka fünf Prozent des gesamten Restaurants übersehen, aber mir sollte es recht sein. Ich bestellte einen Sherry dry. Die Wahl des Weines wollte ich Hannah überlassen.

Es war ihr Vorschlag gewesen, unser Wiedersehen in den *Turmstuben* zu feiern. Ich hatte ganz vergessen, dass sie existierten. Vor ungefähr sieben Jahren waren wir zum letzten Mal hier gewesen, Herbst 1988, am Abend vor Hannahs Ausreise in den Westen. Theo war dabei und ein paar Freunde von Hannah, die ich nicht besonders gut kannte. Damals hätte ich nicht gedacht, dass ich sie erst sieben Jahre später wiedersehen würde. Gegen ein Uhr nachts schleppten Theo und ich die beiden Koffer, in denen sich alles befand, was Hannah glaubte mitnehmen zu müssen, zum Bahnhof Friedrichstraße. Es regnete und Hannah stöckelte mit einer fast vollen Flasche Sekt in der Hand, die wir noch aus dem Lokal mitgenommen hatten, in unserer Mitte. In der Bahnhofshalle setzten wir uns auf die Koffer und tranken auf unser Wiedersehen in New York, um etwas zu haben, woran wir uns festhalten konnten, bis ein paar Bahnhofsbullen der sentimentalen Abschiedszeremonie ein profanes Ende bereiteten. Jedes Mal, wenn ich später an Hannah dachte, sah ich sie mit klatschnassen Haaren und verwischtem Make-up, ihre beiden Koffer schleppend, im Tränenpalast verschwinden.

Die Frau, die zur Tür hereinkam, war außerordentlich gut geschminkt und frisiert. Statt der selbst geschneiderten Klamotten von damals trug sie ein supertailliertes Kostüm der klassischen Art – jedoch mit ziemlich tief ausgeschnittenem Dekolletee –, das sicher mehr gekostet hatte, als ich benötigte, um drei Monate über die Runden zu kommen. Als ich sie sah, wusste ich, dass Hannah Lachmund nie mehr wiederkehren würde.

»Henry!«, kreischte sie durch das halbe Lokal, dass dem

Kellner vor Schreck fast mein Sherry aus der Hand gefallen wäre. »Lass dich umarmen!«

Ihre Vitalität hatte sie sich jedenfalls bewahrt.

Irgendwie war ich nun doch froh, dass ich das Leinenhemd anhatte. Ich hoffte nur, sie würde den Achselschweiß nicht riechen. Um sie auf einen anderen Duft zu bringen, wollte ich ihr die Rose geben, aber sie ließ mich nicht los.

»Wenn du wüsstest, wie ich euch vermisst habe, Theo und dich.« Sie presste ihren Körper noch fester an meinen. Ich begann mich an ihn zu erinnern. Dann bemerkte sie endlich die Rose in meiner Hand. Sie gab mir einen weiteren Kuss und flüsterte in mein Ohr: »Übrigens, du riechst noch genauso wie früher.«

Zu dem Kellner, der schon eine zweite Karte gebracht hatte und auf unsere Bestellung wartete, sagte sie: »Ach, bringen Sie uns doch bitte eine Vase für die Blume!«

Ohne seinen Schnauzer zu verziehen, verschwand er hinter der Theke und stellte kurz darauf wortlos ein zur Hälfte mit Wasser gefülltes Glas auf unseren Tisch.

»An irgendjemand erinnert er mich«, sagte Hannah.

»Wilhelm!«

»Bitte?«

»Kaiser Wilhelm II.: ›Ich kenne keine Parteien mehr, ich kenne nur noch Deutsche!‹« Mit dem Zeigefinger zeichnete ich die Linie seines Schnauzbartes in meinem Gesicht nach: ω.

»Wenigstens ist die Weinkarte jetzt besser.«

Im Themenwechsel war sie schon immer unschlagbar.

Wir bestellten einen 92er-Chablis, Hühnerbrust in Weißweinsoße mit Gemüse und Reis für mich und für Hannah Schweinegeschnetzeltes ›Hessische Art‹ mit Apfelringen, Backpflaumen und Rosinen. Während wir auf das Essen warteten, erfuhr ich den Vornamen ihres Mannes. Er hieß Ulrich. Ulrich Grimm!

»Ich bin furchtbar glücklich, wieder hier zu sein«, sagte

Hannah und nippte an meinem Sherry. »Eigentlich war es ein Zufall. Ein ehemaliger Klient von Ulrich, für den er schon in Frankfurt am Main tätig war, rief ihn vor ungefähr einem Monat an und sagte, er hätte ein Angebot für ihn, dazu müsse er jedoch nach Berlin kommen – und zwar so schnell wie möglich.«

»Das muss ja ein Bombenangebot sein.«

»Kanzleiräume in zentraler Lage und eine Wohnung in unmittelbarer Nähe, alles zu unheimlich günstigen Konditionen – mit solchen Argumenten lässt sich selbst ein Berufsfrankfurter wie Ulrich zu einem Umzug überreden.«

»Ist so was möglich, ich meine, er muss doch bei null anfangen, ohne festen Klientenstamm.«

»Er arbeitet vorerst nur für Hartmann – so heißt der Mann, der uns hierher geholt hat. Zurzeit wohnen wir auch noch in seiner Wohnung. Nebenbei kann Ulrich in aller Ruhe seine Kanzlei einrichten.«

»Und dieser Hartmann hat so viele Prozesse am Hals, dass er einen Anwalt ganz für sich alleine braucht?«

»Er ist Geschäftsmann, Immobilien und Ost-West-Handel, soviel ich weiß, da kann schon einiges anfallen. Deshalb soll Ulrich ihn ja beraten, damit es erst gar nicht so viel wird.«

Mein Gott, ich kam mir vor wie im Denver Clan. Dass wir jemals solche Gespräche führen würden, hätte ich mir in meinen abgründigsten Fantasien nicht ausmalen können.

»Du hast es also geschafft«, sagte ich. »Frau eines erfolgreichen Anwalts ...«

»He!« Sie wollte mit irgendwas nach mir schmeißen. Wie gesagt, ihr Temperament war noch immer in Ordnung. Doch im selben Augenblick kam der Kellner mit dem Wein. Der Mann hatte ein Timing wie ein Statist in einem Boulevardstück. Hannah kostete und nickte.

Auch das Essen war bis auf mein Gemüse (typisch deutsches Mischgemüse aus Erbsen, Bohnen und Möhren, viel zu lange gegart, sodass es bereits den Aggregatzustand gewechselt hatte) wenn auch kein kulinarisches Großereignis, so doch eine recht passable Mahlzeit. Die Hühnerbrust war saftig und zart, die Soße gut abgeschmeckt, auch Hannah schien zufrieden zu sein. Erfahrungsgemäß war im Osten überall dort auf die Küche einigermaßen Verlass, wo man nicht versuchte, etwas zu entwickeln, was man sowieso nicht besaß: Fantasie. Außergewöhnliche Kreationen auf Speisekarten ehemaliger HO-Gaststätten machten mich von vornherein misstrauisch.

»Übrigens«, sagte Hannah, während sie einen Apfelring und ein Stück Fleisch auf ihre Gabel spießte. »Ich habe versucht, Theo zu erreichen. Er steht zwar im Telefonbuch, aber sein Anschluss scheint irgendwie tot zu sein. Nichts, nicht mal ein Freizeichen.«

»Er ist ziemlich beschäftigt zurzeit. Das letzte Mal, dass wir uns gesehen haben, ist über ein halbes Jahr her. Aber wenn du ihn sprechen willst, versuch es besser in der Universität, seine Apparatnummer kann ich dir geben.« Ich kramte ein abgerissenes Stück von einer Packung *Gauloises* aus meiner Brieftasche und gab es ihr, nachdem ich die Zahlen auf die angebrochene Schachtel, die vor mir auf dem Tisch lag, übertragen hatte.

»Mein Gott, schläft er etwa schon in der Uni? Das klingt ja grauenvoll.«

»Er arbeitet an einem Forschungsprojekt, das wohl mit seiner Promotion zusammenhängt. Nebenbei erklärt er noch einigen hübschen Studentinnen das Periodensystem der Elemente. Du brauchst dir um ihn keine Sorgen zu machen.«

Mittlerweile füllte sich das Restaurant mit Männern, für die nicht einmal dreißig Grad im Schatten ein überzeugendes Argument gegen Schlipse und Fliegen darstellten, und Frauen in weißen Blusen und dunklen Röcken oder in bonbonfarbenen, halb transparenten Abendkleidern, wie sie scheußlicher nur auf dem Presseball zu sehen waren.

Kaiser Wilhelm schaltete in den vierten Gang. Ein Kollege von ihm, der hinter der Theke stand und Kartoffelchips in sich hineinfraß, obwohl er bereits aussah wie der kitschige Buddha auf Nicoles Nachttisch, sandte ihm verträumte Blicke nach.

Hannah drehte eine Haarsträhne um ihren Zeigefinger, als wäre er ein Ondulierstab. Das hatte sie schon früher getan, wenn sie in Gedanken war. Nur waren ihre Haare damals nicht schwarz gewesen, sondern dunkelblond und sie hatte sie lang und offen getragen, ein paar Strähnen meistens zu dünnen Zöpfen geflochten – wie ein verspätetes Hippiemädchen. Die halblange Ponyfrisur, die sie jetzt hatte, erinnerte mich ein bisschen an Uma Thurman in *Pulp Fiction.* Nicht dass Hannah der neue Schnitt nicht stand, aber damals war eben damals. Worüber dachte sie nach?

»Du hast dich verändert«, sagte ich.

Wenn sie lächelte, bildeten sich in ihren Augenwinkeln kleine Fältchen, die das Make-up nicht mehr verdecken konnte. Hektisch winkte sie nach dem Kellner und bestellte eine neue Flasche Wein. Vielleicht hing ich einfach zu sehr an meinen Erinnerungen. Ich nahm mir vor, mich davon frei zu machen.

»Entschuldige, es klingt vielleicht etwas bescheuert, aber ich kann mir das schwer vorstellen: du zu Hause, bis dein Mann von der Arbeit kommt …« Ich kam ins Stottern.

Sie lachte. »Fitnessklub, Wasser-Shiatsu, die Romane von Rosamunde Pilcher, ein südländischer Spezialist für Cunnilingus, ein bisschen Reisen, ein bisschen Alk – du weißt doch, ich war nie besonders ehrgeizig.«

Ihr Sarkasmus wirkte wie eine Flucht nach vorn. Plötzlich glaubte ich zu wissen, warum sie aufgehört hatte, Theos und meine Briefe zu beantworten. Wir waren für sie eine Art Synonym für ein Leben, von dem sie sich verabschieden musste, weil die Bedingungen dafür nicht mehr existierten. Doch wir blieben ihr Spiegel. Und sie fühlte sich hässlich.

Ich meine, es gibt Schlimmeres, als sich mit einem Mann zu verheiraten, der Grimm hieß, selbst wenn er Anwalt war und fünfzehn Jahre älter. Aber ich wurde das Gefühl nicht los, dass sie sich dafür schämte; und das konnte nicht gut sein. Ich wollte ihr irgendwas Nettes sagen, aber mir fiel nichts ein, was nicht lächerlich geklungen hätte.

Stattdessen erzählte ich ihr von meinen Jobs, meinem abgebrochenen Studium, von Nicole, meinem dreißigsten Geburtstag – die letzten Jahre in groben Zügen. Vielleicht, um ihr klar zu machen, dass auch bei mir nicht alles so gelaufen war, wie ich es geträumt hatte hinter der Gartenmauer, zwischen Oleandern und Myrten.

Die zweite Flasche war nur noch ein Viertel voll, als ich mich entschuldigte, um aufs Klo zu gehen. Der Wein machte sich nicht nur in meiner Blase allmählich bemerkbar. Normalerweise trank ich Bier, weil es mir besser bekam. Mein Magen war empfindlich geworden in den letzten Jahren – das Ergebnis einer unregelmäßigen und wenig gesunden Ernährungsweise. Dass ich noch kein Sodbrennen hatte, verdankte ich wahrscheinlich dem Hühnerbrustreisgemisch.

Die Toiletten gingen von einem Gang ab. An der Tür mit dem H in Augenhöhe gab es keine Klinke. Ich rüttelte an dem Knauf, der stattdessen – zusammen mit einem ziemlich monströsen Eisenbeschlag – angebracht war. Nichts tat sich. Dann sah ich das handgeschriebene Schild, das daneben hing: *Bitte Klappe hochschieben – Codewort eingeben – Tür öffnen – Klappe schließen – Vielen Dank.* Ich brauchte einen Moment, um zu begreifen. Ich sah die Klappe in dem Eisenbeschlag. Sie hochzuschieben war kein Problem. Darunter befand sich eine Tastatur mit Buchstaben. Aber welchen Code sollte ich eingeben? Ich versuchte es mit *WC*. Nichts passierte. Nebenbei hielt ich Ausschau nach möglichen Verstecken für eine Kamera. Wenn jetzt dieser Heini mit seinem Mikrofon aufgetaucht wäre, hätte ich ihm ans Bein gepinkelt. Ganz sicher! *HERREN*, *PISSOIR* und *LOKUS* brachten auch nicht den gewünschten Effekt. Flüche ebenso wenig.

»Codewort!«, raunte ich dem letzten Kaiser aller Deutschen zu, der erneut dabei war, sein Tablett zu beladen.

»Garten!«, sagte er mit tonloser Stimme, ohne auch nur ein bisschen zu lächeln.

Auf dem Klo bekam ich einen Lachanfall. Ich stellte mir vor, wie jeden Monat der Code gewechselt wurde, um ganz sicherzugehen, dass kein Dombesucher, den auf der Aussichtsplattform ein menschliches Bedürfnis quälte, sich hier illegal Erleichterung verschaffen konnte. Zum Schutz des Abortes war strengste Geheimhaltung geboten. Alles, was nicht Gast war, gehörte zur anderen Seite und musste bekämpft werden.

Neben Hannah stand in gebückter Haltung ein Mann und redete auf sie ein.

»Darf ich vorstellen: Ulrich Grimm – Henry Palmer!«, unterbrach sie ihn abrupt, als sie mich sah.

Der Mann richtete sich auf und versuchte zu lächeln – mit wenig Erfolg.

Ich hatte Recht gehabt: Er war älter als sie – mindestens fünf, höchstens fünfzehn Jahre! Bei Männern, die aussahen, als wären sie vierzig, konnte man nie sicher sein, ob sie älter oder jünger wirkten, als sie in Wirklichkeit waren.

»Setzen Sie sich doch zu uns«, sagte ich. Wenn ich schon voreingenommen war, wollte ich zumindest höflich sein.

»Sagt doch bitte du zueinander, ja!« Hannah war schon etwas betrunken.

»Nein danke«, sagte Grimm. »Ich wollte nur meine Frau abholen. Ich warte draußen auf dich. Bis dann.« Er nickte mir zu und scheiterte noch einmal bei dem Versuch zu lächeln.

Hannah verzog ihre gezupften Brauen. »Wie spät ist es eigentlich?«

»Kurz nach zwölf.«

»Man kann die Uhr nach ihm stellen. Sollen wir dich noch irgendwohin mitnehmen?«

Ich schüttelte den Kopf. »Es ist noch etwas Wein in der Flasche. Ich fahre mit der U-Bahn.«

Sie trank den letzten Schluck, der in ihrem Glas war, und zog ihr Portmonee aus der Tasche. »Ich rufe dich an.« Sie legte einen Hunderter auf den Tisch.

»Lass das, ich lade dich ein.«

»Bitte Henry. Schließlich habe *ich* dich angerufen und das Restaurant ausgesucht. Mir macht es nichts aus.«

»Du meinst: Deinem Mann macht es nichts aus.«

»Du bist ein Arschloch, Henry! Dabei liegst du morgen wieder deiner Freundin auf der Tasche. Aber große Geste muss sein! Mann von Welt, der Herr Palmer! Jede Wette, das Hemd, das du anhast, hat sie dir auch gekauft.« Wütend knüllte sie den Hundertmarkschein zusammen und warf ihn mir an die Stirn.

Ich nahm die Rose aus dem Glas und hielt ihr die Blüte unter die Nase. »Entschuldige. Es tut mir Leid, wirklich.«

Sie stieß sie weg.

Ich goss ihr Glas noch einmal halb voll. »Pass auf, das schüttest du mir jetzt ins Gesicht und wir sind quitt. Einverstanden?«

»Du bist ein Idiot, weißt du das?«

Ich wusste es.

Früher hätte sie ein solches Angebot nicht ausgeschlagen, aber da war sie noch Hannah Lachmund und kein Ehemann stand im Foyer und sah auf die Uhr.

Sie nahm die Rose. Wir küssten uns zum Abschied.

»Wie gesagt: Ich rufe dich an.«

Ich strich den Hundertmarkschein glatt, lehnte mich zurück und trank den Wein aus ihrem Glas – von der Seite, auf der kein Lippenstifthalbkreis unter dem Rand klebte. Plötzlich musste ich lachen: Sie hatte Recht, das Hemd war wirklich ein Geschenk von Nicole.

Scheibenwischer!

Bis auf das Paar vor der Schiller-Statue war der Gendarmenmarkt menschenleer. Ich kam mir vor wie in einem Freiluftmuseum: rechts das Schauspielhaus, vor mir Schiller, hinter mir der Französische Dom – alles von Scheinwerfern angestrahlt. Nur der Deutsche Dom war eingerüstet und mit Planen behangen. Vor einem Jahr hatte es unter seiner Kuppel gebrannt, gerade rechtzeitig zum Sommerloch. Ich erinnerte mich an die Schlagzeile auf der ersten Seite eines bunten Blattes: *BERLINER WEINEN UM IHREN DOM!* Selbst der Bundespräsident, der sich gerade mal nicht in Israel oder Polen aufgehalten hatte, war gekommen, um mit eigenen Augen den Schaden für die deutsche Kultur zu begutachten.

Zugegeben, ich war jetzt doch froh, dass Hannah mir den Schein dagelassen hatte. Der Laden war teurer, als ich dachte. 135 Mark hatte alles zusammen gekostet. Der Hunderter, den ich am Nachmittag vom Automaten geholt hatte, hätte also nicht gereicht und mein Scheckbuch lag zu Hause in der Schublade. Mit anderen Worten: Mir war eine ganze Menge Nervereien erspart geblieben. Außerdem gefiel mir der Gedanke, auf Grimms Kosten den Abend verbracht zu haben. Schließlich traf es keinen Armen, wie Hannah sagte. Es war mir wirklich ein Rätsel, was sie an diesem windschnittigen Advokaten, der – jede Wette! – gebügelte Joop!-Jeans zu Hause im Kleiderschrank liegen hatte, finden konnte. Wenn ich daran dachte, wie er seinen Besitzanspruch betont hatte, indem er »meine Frau« sagte, und mir dabei vorstellte, dass er Hannah damit meinte, wurde mir speiübel. Ich hoffte nur, dass sie nicht für ihn bügelte. Aber solche Leute hatten ja wohl ihre Haushaltshilfen. Andererseits war auch ich nicht gerade das Spitzenmodell der Saison, nicht mal gehobene

Mittelklasse. Im Gegensatz zu Grimms gab es auf meinem Kopf zwar keine dünnen Stellen zwischen den halblangen, nach hinten gekämmten Haaren, trug ich weder Haftschalen noch Goldzähne zu italienischen Schuhen und Seidenjackett, dennoch wäre ich mit den Falten, die sich immer tiefer in meine Stirn gravierten, den gelben Zähnen und dem voller werdenden Kinn als jugendlicher Liebhaber bei jedem Casting gescheitert. Außerdem entdeckte ich immer häufiger graue Haare, wenn ich mich kämmte. Und was mir vor allem fehlte, waren Geld und Erfolg – zwei Dinge, die, wenn man den Illustrierten Glauben schenken wollte, die Erotik des Mannes ab dreißig ausmachten.

Ich war schon ziemlich dicht bei Schiller, dem sage und schreibe vier Musen zu Füßen lagen – so viel also noch zum Thema Sex und Erfolg –, und peilte bereits die beiden Taxis an, die gegenüber vom Französischen Hof standen und für mich eine Verlockung darstellten, der ich mich schwer entziehen konnte. Plötzlich ging neben mir ein Geschrei los. Das Paar, das sich bislang für den in Stein gehauenen Gruppensex mit Dichter zu interessieren schien, hatte offenbar eine kleine Meinungsverschiedenheit. Die Frau kreischte mit dünner Stimme, aber aus vollem Halse etwas, das wie ›Scheibenwischer‹ klang, nur etwa doppelt so schnell wie normal gesprochen, dafür dreimal hintereinander: *Scheibenwischerscheibenwischerscheibenwischer!* Dabei schlug sie mit ihrer Handtasche nach ihrem Begleiter, der ziemlich kräftig gebaut war und diesen Vorteil auch sofort ausspielte. Er riss ihr die Tasche aus den Händen, schlug ihr ein paarmal ins Gesicht und zog sie schließlich an ihren langen Haaren zu Boden. Sie versuchte zu schreien, aber er hielt ihr den Mund zu und fauchte ein Wort, das ebenfalls aus sehr vielen Zischlauten bestand. Dann schlug er noch einmal zu. Blut lief aus der Nase der Frau. Ihre Arme, mit denen sie eben noch um sich geschlagen hatte, sanken zu Boden.

Ich weiß nicht, wie lange das alles dauerte. Sicher nicht

viel länger als zehn-, fünfzehn Sekunden. Als ich dazukam, war der Mann schon dabei, sich aufzurichten. Ich bin kein Held, aber ein Idiot, wie Hannah sehr richtig bemerkt hatte. Besonders wenn ich etwas getrunken habe. Meine Sympathie gehört den Schwachen und Unterdrückten dieser Welt! Also stürzte ich mich auf den Mann. Meine physische Konstitution sowie den Umstand außer Acht lassend, dass im Grunde schon alles gelaufen war, brüllte ich: »Lass sie los, du Schwein!« – und packte ihn an seinem hellen Anzug, den er sich gerade abklopfen wollte.

»Wichser«, sagte er fast akzentfrei, streifte meine Hände ab wie ein paar Spinnweben und verpasste mir einen Kinnhaken, den ich gerne in Zeitlupe gesehen hätte.

Das Erste, was ich wieder spürte, war ein bohrender Schmerz unter der Schädeldecke und ein Kitzeln in meinem Gesicht. Ab und zu klatschte es rhythmisch auf meinen Wangen – einmal links, einmal rechts – und eine aufgeregte Frauenstimme wiederholte: »On zemdlal! Pomoz, on zemdlal!«

Ein schwerer süßlicher Geruch stieg mir in die Nase. Ich öffnete die Augen und sah durch einen Schleier die Sterne. Sie zitterten.

Klatsch! machte es auf meiner rechten Wange.

Der Schleier zerriss. Die Frau, die sich mit ihren langen blonden Haaren über mich gebeugt hatte, richtete sich auf. Sie sah nicht gut aus. Zu viel Lippenstift, dachte ich. Erst dann erinnerte ich mich, dass es Blut war.

»Przepraszam«, sagte sie und begann, die Sachen aus ihrer Handtasche, die in einem Umkreis von etwa zehn Metern verstreut lagen, wieder einzusammeln.

Ich versuchte mich aufzurichten. Bei jeder Bewegung traf der Bohrer in meinem Kopf einen Nerv. Sitzend befühlte ich mein Kinn. Es musste ungefähr doppelt so groß sein wie normalerweise. Vermutlich sah ich aus wie Averell Dalton.

Der Mann, dem ich das zu verdanken hatte, war verschwunden. Die beiden Taxis hingegen standen noch immer an Ort und Stelle. Dass Blinde und Taube heutzutage schon einen P-Schein bekamen, hielt ich für eine etwas defätistische Behauptung. Wahrscheinlicher war, dass dort zwei hervorragende Simulanten in ihren Daimlern saßen.

Die Frau sah in die größere Hälfte ihres zerbrochenen Handspiegels. Sie tropfte etwas Parfüm auf ein Zellstofftaschentuch und säuberte damit ihr Gesicht. Alle paar Sekunden musste sie unterbrechen. Ihre Lippen fingen zu beben an und sie bekam einen Heulkrampf.

Ich rappelte mich hoch und ging zu ihr. Wortlos wischte ich ihre Tränen weg, tropfte noch etwas Parfüm auf mein Taschentuch und beseitigte die letzten Blutspuren auf ihrem Kinn. Zuerst war es ihr peinlich. Aber dann ließ sie es geschehen. Wahrscheinlich war sie zu schwach, um sich zu wehren. Als ich fertig war, hatte sie sich beruhigt.

»Alles in Ordnung«, sagte ich.

»Dziekuje!« Ihre Oberlippe war ziemlich geschwollen und unter dem rechten Auge hatte sie ein Veilchen.

»Do you speak English?«

»Nie.« Zum ersten Mal sah es aus, als wollte sie lächeln. Ihre wunde Lippe ließ es jedoch nicht zu. »Goworitsch po Russki?«

Wir hatten ein kleines Verständigungsproblem. Mein Schulrussisch lag irgendwo weit hinter dem Ural in einem Massengrab mit anderen Opfern des Stalinismus. Mit viel Mühe bekam ich heraus, dass sie Agnes hieß und kein Hotelzimmer oder eine andere Unterkunft für die Nacht hatte. Ich konnte sie aber unmöglich so zurücklassen, wie sie war: verheult, verdreckt, verletzt, verzweifelt. Also zeigte ich auf die Taxis und machte ihr durch Handzeichen klar, dass sie bei mir schlafen konnte.

»Nie!« Sie ging einen Schritt zurück und schüttelte so energisch ihren Kopf, dass ich sofort wieder an meine Kopfschmerzen erinnert wurde.

Es war wirklich nicht leicht, ihr zu erklären, dass ich

nichts von ihr wollte, dass sie allein wäre in meiner Wohnung, weil ich bei Nicole übernachtete, dass ich sozusagen aus uneigennützigen Motiven handelte und, wenn es auf dieser Welt noch Gerechtigkeit gäbe, längst heilig gesprochen worden wäre. Ich gestikulierte bestimmt fünf Minuten lang, bis sie endlich »Tak« sagte und wir gehen konnten.

»Straßmannstraße«, sagte ich und schlug die Wagentür zu.

Der Fahrer legte die *taz* auf den Beifahrersitz und griff zum Stadtplan. Er trug ein Holzfällerhemd und Fransenjeans, Haare im Gesicht und ein Flaumbärtchen. Wahrscheinlich studierte er Soziologie oder Kunstgeschichte.

»Pass auf, du fährst jetzt auf die Leipziger Straße und dann sage ich dir, wie es weitergeht.«

»Alles klar, ich mach das noch nicht so lange.«

»Ach nee! Aber du kannst schon mit dem Funkgerät umgehen.«

»Klar.«

»Und du hättest natürlich sofort Hilfe gerufen, wenn jemand in deiner Nähe zusammengeschlagen worden wäre.«

»Wieso, is' was passiert?«

»Mach dir keine Gedanken. Was studierst du eigentlich?«

»Wieso studier'n?«

Man kann nicht immer richtig liegen.

Das Radio war an. Marion Brasch spielte ihre Musik für die Dreißigjährigen jeden Alters. *Sweet Jane.* Mister Taxi Driver pfiff leise mit.

Ich saß in einer Wolke, einer Wolke aus Lavendel, Moschus und Rosenöl – oder was die polnischen Parfümhersteller sonst so alles zusammenkippten, um diese penetrant süßliche Duftnote zu erreichen. Ich kurbelte das Fenster herunter. Obwohl ihr Begleiter ausgesehen hatte wie ein Zuhälter, hielt ich Agnes nicht für eine Prostituierte. Erstens war sie zu alt – schätzungsweise Mitte dreißig –, zweitens sah sie mit ihrer hellen Bluse und dem knielangen Rock eher so aus, als würde sie an einem Pädagogenkongress teilnehmen, und drittens, wenn ich daran dachte, was sie für ein Theater gemacht hatte, als ich ihr vorschlug, mit zu mir nach Hause zu kommen ... Ich bot ihr eine Zigarette an und steckte mir selbst eine zwischen die Lippen.

»Jetzt rechts, auf die Karl-Marx-Allee«, sagte ich, während ich nach meinem Feuerzeug suchte. Agnes gab mir eine Streichholzschachtel, auf deren Vorderseite die Werbung eines Berliner Lokals gedruckt war.

Als das Holz zündete, meldete sich die Stimme, auf die ich schon gewartet hatte: »Tut mir Leid, Leute, ihr dürft hier nicht rauchen. Ich krieg sonst Ärger mit meinem Boss.« Die Gestik ergänzte: Ich selber find's ja auch Scheiße, aber da kann man nichts machen.

Ich warf das Streichholz aus dem Fenster.

An der Ecke neben dem Spirituosenladen ließ ich ihn halten.

»Sechsundzwanzig Mark.«

Bevor wir ganz draußen waren, blätterte er schon wieder in seinem *Falk*-Plan.

Natürlich war die Haustür schon abgeschlossen. Seit sich in den letzten vier Jahren die Einbruchsdelikte verzehnfacht hatten, war unter den Mietern des Hauses, in dem ich wohnte, eine Sicherheitsparanoia ausgebrochen. Sie legten sich Schlösser zu, für die man einen Panzer brauchte, um sie aufzubrechen. Das Wertvollste jedoch, was es in diesen Wohnungen zu holen gab, waren eingestaubte Farbfernseher, made in Taiwan, zerschlissene Couchgarnituren und ein paar Jahrgänge der *SuperIllu*. Außerdem fand sich in letzter Zeit fast immer jemand, der die Haustür um 20 Uhr verriegelte, wie es in der Hausordnung vorgeschrieben war. Ich wohnte im Hinterhaus, eine Klingelanlage war noch nicht installiert worden. Abends bekam ich wenig Besuch, dafür klingelte jetzt öfter das Telefon: »Du, ich bin in der Telefonzelle schräg gegenüber ...« Dumm war auch, dass ich meinen Haustürschlüssel verloren hatte und jedes Mal, wenn abgeschlossen war, den Weg durch den Nachbareingang und über den kleinen Zaun in der Mitte des Hofes nehmen musste. Meine besten Jeans waren dabei draufgegangen, als ich einmal nachts aus der Kneipe kam.

Agnes beobachtete mich misstrauisch. Ich konnte sie verstehen. Schließlich machte es nicht gerade einen seriösen Eindruck, wenn man nachts über schmiedeeiserne Zäune kletterte, um in seine Wohnung zu kommen. Sicher hatte sie auch Angst um ihren Rock, der durch die Auseinandersetzung am Gendarmenmarkt sowieso schon arg in Mitleidenschaft gezogen worden war. Ich zuckte mit den Schultern und zeigte ihr die umgebogene Spitze, auf die man den linken Fuß setzen konnte, um sich dann auf einem der Müllcontainer abzustützen. Als ich drüben war, reichte sie mir ihre Tasche. Ich fing sie auf, weil sie mit ihren hochhackigen Schuhen nicht springen konnte. An ihr Parfüm hatte ich mich inzwischen gewöhnt.

Meine Wohnung machte auf sie wahrscheinlich auch nicht gerade einen Vertrauen erweckenden Eindruck. Es sei denn, sie fühlte sich in einem malerischen Durcheinander aus vollen Einkaufsbeuteln, leeren Flaschen, herumliegenden Büchern, Zeitschriften, Papieren, noch nicht ganz schmutzigen Wäschestücken, benutzten Tassen, halb vollen Aschenbechern und Fotos mit Kaffeeflecken am Rand aus irgendeinem Grund besonders heimisch. Das Frühstücksgeschirr stand noch auf dem Tisch. Ich war eben nicht auf Besuch vorbereitet. Während sie sich wusch, versuchte ich das Gröbste aufzuräumen. Ich klappte das Sofa aus. Frisches Bettzeug besaß ich leider auch nicht. Irgendwie wurde ich das Gefühl nicht los, meinem Leben fehle zurzeit der Zusammenhalt – oder wie es Nicole ausdrückte: Ich ließ mich gehen.

Agnes hatte gerötete Augen, als sie nach einer Viertelstunde aus dem Bad kam. Sie war blass und zitterte. Ich dachte, es wäre am besten, wenn sie so schnell wie möglich ins Bett käme. Alles Weitere konnten wir auf morgen vertagen. Es war sowieso schon halb zwei. Ich schrieb ihr Nicoles Telefonnummer auf einen Zettel und legte ihn neben das Telefon.

»Dziekuje«, sagte sie. »Danke, Henry!« Das H sprach sie stimmlos und postpalatal aus.

»Gute Nacht!«

Vorsichtig zog ich die Wohnungstür zu. Jetzt konnte ich mir die Kletterei sparen. Ich klappte einfach den Arretierungshebel herunter und zog die beiden Türflügel nach innen. Die Luft, die mir entgegenkam, war noch immer stickig und lau.

Nicole wohnte in der Bötzowstraße, direkt gegenüber vom Filmtheater am Friedrichshain. Sie war Fotografin und hatte mit befreundeten Kollegen eine Agentur gegründet. *lOST generation*. Das war jetzt zwei Jahre her. Die Agentur hatte inzwischen die üblichen Anfangsschwierigkeiten überwunden. Dafür stand unsere Beziehung, wenn ich es richtig beurteilte, im Augenblick kurz vor dem Konkurs.

Ich lief durch den Friedrichshain. Baumkronen verdeckten den Himmel. Unter ihnen wurde es etwas kühler. In einzelnen Fenstern des angrenzenden Krankenhauskomplexes brannte noch Licht. Ich spürte wieder den Schmerz in meinem Kopf. Sicher saß hinter einem dieser Fenster dort irgendwo eine müde Stationsschwester, die die Zeit bis zum Morgengrauen mit Kaffee, Zigaretten und einem Roman totschlug und nur darauf wartete, ein paar Aspirin in Wasser aufzulösen. Im Gebüsch raschelte es. Automatisch beschleunigte ich meinen Schritt.

Die Zeit totschlagen – das ungefähr war es, was ich seit einigen Monaten fast ausschließlich betrieb. Ich trank Kaffee, rauchte Zigaretten und las Romane. Vielleicht sollte ich mal im Personalbüro vorsprechen. Ein Job als ungelernter

Krankenpfleger – Drei-Schicht-System, zweitausend Mark brutto – passte augenblicklich zu mir wie der Rettich zum Lachs. Vielleicht hatte ich sogar Aufstiegschancen: Krankenwagenbeifahrer oder Oberschwesternassistent.

Als ich vor einem Dreivierteljahr mein Studium abbrach, wusste ich vor allem, was ich nicht wollte: Vorlesungen und Seminare über die Entwicklung des nationalliterarischen Kanons im 19. Jahrhundert, Goethes Technikkritik oder die systematisch analytische Betrachtung von Theaterpublikationen. Seitdem lebte ich von Sozialhilfe und Gelegenheitsjobs. Eine Ahnung, wie es weitergehen könnte in den nächsten paar Jahren, hatte ich nicht – dafür jede Menge Krach mit Nicole. Sie war fünf Jahre älter als ich, aber jeder, der uns gemeinsam sah, glaubte, es wäre umgekehrt.

Neben dem *Denkmal des polnischen Soldaten und deutschen Antifaschisten* lag ein Obdachloser ohne Decke auf dem Steinfußboden. Ich stand schon ziemlich dicht bei ihm und erschrak, als ich ihn plötzlich bemerkte. Obwohl sie längst leer war, hielt er in der rechten Hand noch immer eine Literflasche Sangria. Den letzten Rest hatte er sich über sein Hemd geschüttet. *FUER EURE UND UNSERE FREIHEIT* stand über ihm in Stein gemeißelt.

In Nicoles Wohnung brannte kein Licht mehr. An der Leine in ihrer Küche hingen jede Menge Fotos – das Ergebnis ihres heutigen Arbeitstages: Models in knöchellangen Trenchcoats und olivgrünen Regenmänteln. In der Modebranche war es bereits wieder Herbst. Die wenigen Männer auf Nicoles Bildern erinnerten mich an ihren vergeblichen Versuch, mir zu einer Karriere als Fotomodell zu verhelfen. Das war im letzten Herbst gewesen, kurz nachdem ich das Studium abgebrochen hatte. Damals war gerade der Winter aktuell. Mir wurde jede Menge Gel ins Haar und Make-up ins Gesicht geschmiert, ein senffarbener Mantel übergezogen, mit dem ich dann lässig auf einer Hotelterrasse herumzulungern hatte. Vorher durfte ich mich drei Tage lang nicht rasieren, was mir allerdings nicht besonders schwer gefallen war. Ich fühlte mich wie eine Mischung aus Michael Gwisdek und dem guten alten Camel-Mann. Der Redaktion, in deren Auftrag Nicole arbeitete, schien diese Kombination jedoch nicht besonders zu gefallen. Sie entschied sich für einen semmelblonden Siegfried, dessen stahlblauer Blick im Führerhauptquartier für helle Begeisterung gesorgt hätte. Wahrscheinlich war das der Grund, warum sich das Senffarbene im letzten Winter nicht durchgesetzt hatte. Nicole war enttäuscht und wütend gewesen. Enttäuscht, weil die Zeitschrift nicht die Fotos von mir ausgewählt hatte, die wirklich viel besser waren, wie sie sagte, und wütend darüber, dass es mir nichts ausmachte.

»Dir ist alles egal«, warf sie mir vor. Und ich konnte ihr nicht einmal widersprechen. Sie war keine Frau, die einen Mann brauchte, auf den sie stolz sein konnte, zumindest nicht in beruflicher Hinsicht. Es deprimierte sie aber, mitzuerleben, wie ich in den Tag hineinlebte – ohne Pläne, ohne Ideen. Ich konnte sie verstehen, aber nichts tun.

Ich nahm eine Tablette gegen die Kopfschmerzen, dann schlüpfte ich zu ihr ins Bett. Sie hatte mir den Rücken zugedreht. Mit ihren kurzen blonden Haaren sah sie aus wie ein Junge. Ich küsste sie auf den Leberfleck auf ihrer linken Schulter. Der Buddha auf ihrem Nachttisch sah mir dabei zu.

Sie hatte nichts gesagt, aber ich glaubte, mein Treffen mit Hannah beunruhigte sie, auch wenn sie es nicht zugeben würde. Zum ersten Mal seit langer Zeit hatte es etwas gegeben, worauf ich mich wirklich freute. Das musste sie einfach gespürt haben oder es war eh alles zu spät.

Schlief sie nun – oder stellte sie sich schlafend?

Henry Palmer ist kein Profi

Gellendes Geläut in der Finsternis. Jemand trat gegen die Tür. »Geheime Staatspolizei! Öffnen Sie! Oder wir müssen die Tür eintreten!« Ich zerriss die Liste mit den Namen unserer Kontaktleute im Untergrund. Hastig stopfte ich mir die Schnipsel in den Mund und schluckte sie runter. Dann wurde es hell. Ich lag schräg in Nicoles Bett, meine Beine baumelten über den Rand. In meinem Mund schmeckte es nach aufgelöstem Papier. Außerdem war er so trocken wie Badischer Riesling. Leben ist Leiden, Nicoles Buddha wusste Bescheid. Der Gestapo hatte ich zwar ein Schnippchen geschlagen, doch die Klingel auf dem Flur schepperte nach wie vor. Meine Sachen lagen im Bad, also wickelte ich mir das Laken um den Leib und stürzte zur Tür.

Statt der Herren in Ledermänteln stand ein moderner Held im Treppenhaus, einer, der den Traum von der Freiheit hinübergerettet hatte in die verstopften Städte des ausklingenden Jahrhunderts, einer der letzten Individualisten unter Gottes löchrigem Himmel, ein braun gebrannter Großstadtcowboy: ein Fahrradkurier. Bis auf den weißen Sturzhelm auf seinem Kopf und einer signalgelben Gürteltasche war er ganz in Schwarz gekleidet. In der Hand hielt er einen orangefarbenen Plastiktornister, auf dem *Moskitos* stand.

Er blinzelte mich an. »Tag. Ich soll hier was abholen.«

»Abholen?« Ich war noch nicht ganz da.

»Hier wohnt doch Nicole Albrecht?« Er zeigte auf das Schild über dem Klingelknopf. Leugnen war also zwecklos.

»Sie ist nicht zu Hause.«

Meine Aufmachung schien ihn zu verwirren. Er glotzte auf das Laken, das ich mir über die Schulter geworfen hatte wie ein römischer Prokurator. Dabei war er selbst noch nicht mal rasiert.

»Hat sie nicht irgendetwas dagelassen?«

Mich, dachte ich und rieb mir die Augen. »Wovon reden wir eigentlich?«

Er schüttelte den Kopf. »Keine Ahnung, ich hatte den Auftrag, hier etwas abzuholen und zum *Berliner Verlag* zu fahren. Das ist alles. Meistens sind es Umschläge oder kleine Päckchen.«

»Okay, ich schau mal nach.« Er sah unglücklich aus und ich wollte ihm einen Gefallen tun.

Die Fotos, die in der Nacht noch in der Küche hingen, waren nicht mehr da, auf dem Tisch lag auch nichts, was nach Fahrradbotenfrachtgut aussah.

»Tut mir Leid.«

Er zuckte mit den Schultern und drückte mir einen Zettel und einen Kugelschreiber in die Hand. »Kannst du mir das bitte quittieren.«

»Was?«

»Dass ich hier war.«

Ich unterschrieb. Dabei musste ich mich hinhocken, sonst wäre das Laken runtergerutscht. »Macht dir dein Job eigentlich Spaß?«, fragte ich, als ich ihm seinen Kugelschreiber zurückgab.

»Besonders heute«, knurrte er, faltete den Zettel zusammen und steckte ihn in seinen Tornister. Dann holte er ein Funkgerät heraus und drückte auf einen Knopf, dass es knackte und rauschte.

»Und sonst?«, hakte ich nach. »Ein dynamischer, junger Mann sucht nämlich ein neues Betätigungsfeld.«

Er sah mich an, als hätte ich ihm einen unsittlichen Antrag gemacht. »Fährst *du* denn Fahrrad?«

»Ich kann's, wenn du das meinst.«

Etwas in der Art hatte er wohl erwartet. Er schnallte sich seinen Tornister auf den Rücken und machte Anstalten zu gehen.

»Was verdient ihr eigentlich so im Schnitt?«

Er schniefte, ich würde sagen: verächtlich, und meinte: »Vergiss es!«

Damit war für ihn unser Gespräch beendet. Er drehte sich um und redete mit seinem Funkgerät. Ich hätte es wissen müssen: Fahrradkuriere sind Idealisten!

Trotzdem tippte ich ihm auf die Schulter. »Übrigens, Nicoles Agentur ist in der Immanuelkirchstraße. Vielleicht liegt dort, was dir fehlt.«

»Mir fehlt gar nichts!« Er gab die neue Adresse durch zur Zentrale.

Sicher, ich hätte auch anrufen können, aber Leute, die mir den Rücken zudrehen, während ich mit ihnen rede, fordern in der Regel ein hohes Maß an Reserviertheit bei mir heraus. Die Stimme aus dem Funkgerät sagte irgendetwas vom Messegelände am Funkturm.

Ich ließ den Mann stehen. Vermutlich hatte er Recht, ich sollte den Job lieber vergessen. Bis zum Messegelände waren es bestimmt zehn Kilometer, der Verkehr in der Innenstadt dicht und ungesund, also nichts für einen Mann, der noch um halb elf mit einem Laken bekleidet durch die Gänge schlurfte.

Unter der Dusche erinnerte ich mich langsam an gestern Abend, vor allem an die polnische Frau, die Agnes hieß und in meiner Wohnung übernachtete. Sicher wartete sie schon auf mich. Ich nahm mir vor, mich zu beeilen. Mein Kinn tat nicht mehr weh, aber es war noch immer etwas geschwollen.

Nachdem ich mich endlich angezogen hatte, schaltete ich das Radio ein, goss heißes Wasser auf löslichen Kaffee und aß im Stehen zwei ungetoastete Scheiben Toast mit Sonnenblumenmargarine und *Grafschafter Goldsaft*. Die *Crash Test Dummies* lieferten die entsprechende musikalische Begleitung zu dieser faden Mahlzeit.

Im Schlafzimmer suchte ich nach meiner Armbanduhr. Sie lag auf Nicoles Nachttisch neben dem Buddha und einem gepolsterten DIN-A4-Umschlag, der prall gefüllt war, vermutlich mit den Fotos aus der Küche. Dazu ein Zettel:

Morgen Henry, es war spät gestern Abend. Ich hoffe, du hast dich amüsiert. Der Briefumschlag ist für den Kurier, der am Vormittag hier vorbeikommt. Warte bitte so lange. Es ist wichtig!!!
Danke, Nicole
PS: Deine Freundin benutzt ein mieses Parfüm!

Kein Gruß! Das bedeutete, dass sie sauer war. Noch viel sauerer würde sie allerdings werden, wenn sie erfuhr, dass die Übergabe der Fotos, die so *wichtig!!!* war, nicht stattgefunden hatte, weil ich den Umschlag schlichtweg übersehen hatte. Ich wählte die Nummer von *lOST generation.* Vielleicht war ja noch nicht alles zu spät.

Carl war am Telefon, ein vierzigjähriger Berufsjugendlicher mit langer Mähne, der sich in den Achtzigerjahren als Prenzlauer-Berg-Szene-Fotograf einen Namen gemacht hatte. Seine beiden Lieblingsmotive, die er in allen möglichen Variationen miteinander kombinierte, waren bröcklige Fassaden und Punker mit Ratten auf den Schultern.

»...reschn, Carl«, nuschelte er. Er hörte sich an, als hätte ich ihn gerade bei einem Nickerchen gestört.

»Hallo, hier ist Henry. Nicole ist nicht zufällig da, oder?«

»Nee.«

»Hat sie dir gesagt, wo sie ist?«

»Nee, keene Ahnung.«

»Weiß irgendjemand von euch Bescheid?«

»Sicher, aber die sind alle unterwegs.«

»Pass auf, es geht um einen Umschlag, den ein Fahrradkurier abholen sollte ...«

»Da war eener hier.«

»Ja, ich weiß. Sag Nicole, die Sache ist schief gegangen, die Bilder liegen noch bei ihr zu Hause.«

»Gut, mach ick.«

»Und sag ihr, es täte mir Leid.«

»Geht in Ordnung.«

Wenn Carl wieder einschlief, träumte er ganz sicher nicht von der Gestapo, eher von Punks mit Ratten und Fassaden, die vor sich hin bröckelten wie in den guten alten Achtzigern.

Vorsichtshalber schrieb ich Nicole noch einen Zettel. Die Entschuldigung fiel vielleicht etwas knapp und förmlich aus, aber es war schon Viertel nach elf und Agnes konnte schließlich nicht ewig warten.

Ich lief wieder durch den Friedrichshain. Eiscreme essende Mütter mit Eiscreme essenden Kindern kamen mir entgegen, Mountainbike- und Skateboardfahrer, Hundebesitzer. Der Obdachlose von gestern Nacht samt seiner Sangriaflasche war verschwunden. Vielleicht saß er in der Pennerrunde vor dem *Plus*-Markt, gegenüber vom Sport- und Erholungszentrum, und war an der Rotweinflasche beteiligt, die gerade kursierte.

Bei mir zu Hause war noch alles ruhig. Im Korridor begrüßte mich mein Spiegelbild: blass und unrasiert, ein zivilisationskranker Mitteleuropäer in seiner Behausung. Als ich mich umdrehte, riss ich mit der linken Schulter den Salz-und-Pfeffer-Mantel vom Garderobenständer, den ich seit ungefähr fünf Jahren nicht mehr getragen hatte. Ich fluchte und nahm mir vor, ihn bei Gelegenheit in die Kleiderbox neben dem Gemüseladen zu werfen. Das war nicht das erste Mal, dass ich mir das vornahm.

Agnes lag noch immer im Bett. Die Jalousien waren heruntergelassen. Im ganzen Zimmer roch es nach ihrem Parfüm und nach allerlei anderem. Kein gutes Gemisch. Ich klopfte an die halb offene Tür. Nicht die geringste Regung. Ihre Sachen lagen auf einem der beiden Korbsessel. Trotz der Hitze, die mittlerweile im Zimmer herrschte, hatte sie sich die Decke bis ins Gesicht gezogen. Ein paar blonde Haarsträhnen waren das Einzige, was ich von ihr sehen konnte.

Irgendwie fühlte ich mich wie ein schwäbischer Herbergsvater, als ich beschloss, dass halb zwölf Zeit zum Aufstehen sei, die Jalousien hochzog und das Fenster sperrangelweit öffnete. Draußen stank es nach Müll. Als ich mich umdrehte, entdeckte ich Agnes' Arm, der seltsam unnatürlich an der Seite hing. Ich hatte ihn zuerst nicht gesehen, weil der Korbsessel mit ihren Sachen davor stand, aber mir war sofort klar, dass man so keine fünf Minuten liegen konnte. Außerdem war nicht die Bettdecke über ihr Gesicht gezogen, sondern das Kopfkissen. Ein Unterschied, der mir irgendwie wichtig erschien, obwohl ich nicht gleich wusste, was er bedeutete. Das heißt, mein Kopf wollte es nicht wissen, glaubte nicht, was er wusste, wusste nicht, was er glauben sollte. Mein Körper wusste es längst. Meine Hände wussten es, die sich am Fensterbrett festhielten. Mein Magen wusste es, der seinen Inhalt plötzlich nicht mehr zu mögen schien. Und meine Beine wussten es, die so taten, als bestünden sie nicht auch aus Muskeln und Sehnen, sondern hauptsächlich aus Gelenken.

Im Zeitlupentempo sank ich in die Knie und lehnte mich gegen meinen Schreibtisch, der schräg vor dem Fenster wie eine Barrikade zwischen mir und dem Rest des Zimmers stand. Abgesehen von einigen Mumien aus dem 2. Jahrhundert v. Chr. hatte ich noch nie einen toten Menschen aus der Nähe gesehen. Kein Krieg, keine schweren Autounfälle, meine Großeltern wurden nicht aufgebahrt. Und jetzt lag in meinem Bett eine tote Frau. Eine ermordete Frau! Ich kämpfte mit dem Brechreiz.

Der Arm, der unter der Bettdecke hervorragte, hatte die Farbe von lange gelagerten Altarkerzen. Auf dem Kissen zeichneten sich die Konturen von Agnes' Kopf ab. An der Seite, die ich sehen konnte, war der Bezug aufgerissen. Dort also hatte jemand festgehalten und nicht mehr losgelassen, so lange nicht, bis sich nichts mehr bewegte, bis Agnes' Arm wie ein abgeknickter Ast zur Seite hing.

Ich übergab mich in den Papierkorb, in dem noch eine halbfertige Seminararbeit über Adornos Kritik der Kulturindustrie liegen musste. Irgendwo hatte ich gelesen, dass sich mittlerweile nicht nur die Mörder wie ihre Vorgänger auf der Kino-Leinwand verhielten, sondern auch deren unglückliche Opfer. Ich weiß nicht, warum mir das gerade jetzt einfiel. Agnes hatte sicherlich keine Identifikationsmuster vor Augen gehabt, als ihr irgendjemand das Kopfkissen ins Gesicht drückte. Wie lange mochte es gedauert haben, bis sie das Bewusstsein verlor und nicht mehr versucht hatte zu atmen? Wie lange hatte sich ihr Körper aufgebäumt, ohne jede Chance gegen das übermächtige Gewicht ihres Mörders? Zwei Minuten Todesangst oder drei oder länger? Mein Magen verkrampfte sich wieder, aber es kam nichts mehr heraus.

Langsam kroch ich unter dem Schreibtisch hervor und näherte mich der Leiche. Ich wagte nicht, das Kissen von ihrem Gesicht zu entfernen. Keine Ausreden, ich gebe zu, ich war zu feige, ich hatte Angst, den Anblick nicht ertragen zu können. Auch ihren Arm berührte ich nicht. Ich roch ihr Parfüm und es schnürte mir die Kehle zu.

Draußen hantierte jemand an den Containern. Ich hätte ihn rufen können. Stattdessen wählte ich 110. Ich hatte nicht den Nerv, im Telefonbuch nach der Nummer für die Mordkommission zu suchen. Außerdem wusste ich, dass im öffentlichen Dienst das Wort Amtsweg mit sieben Großbuchstaben und einem Ausrufezeichen geschrieben wurde.

Die Stimme am anderen Ende der Leitung versprach wenig Trost. Mit Standardsätzen erfragte sie meinen Namen, Adresse und den Anlass meines Anrufes. Nicht einmal als ich »Mord!« sagte, Mord wäre der Grund, weshalb ich anriefe, und die Leiche läge bei mir in der Wohnung, verlor sie etwas von ihrem routinierten Gleichklang.

»Wo, sagten Sie, wohnen Sie? Und Sie rufen von dort aus an? Bleiben Sie, wo Sie sind, in spätestens einer halben Stunde kommt ein Streifenwagen.« Es hörte sich an, als hätte ich eine Pizza bestellt.

Zwanzig Minuten später standen zwei uniformierte Polizisten in meinem Zimmer. Der eine kontrollierte meinen Ausweis, während der andere über Funk Verstärkung anforderte. Keiner der beiden nahm Agnes das Kopfkissen vom Gesicht. Wahrscheinlich wollten sie den Profis von der Kripo und vom Erkennungsdienst nicht ins Handwerk pfuschen. Sie beugten sich nur kurz über die Leiche und fragten mich frei heraus, ob ich sie umgebracht hätte. Ich schüttelte den Kopf und damit schien die Sache für sie erledigt. In der Küche, während wir auf die Ermittler warteten, stellten sie mir zum Zeitvertreib noch ein paar Routinefragen: Wann ich die Tote gefunden hätte, ob sie schon tot gewesen wäre, ob ich sie kannte, wann ich sie zuletzt gesehen hätte, wo ich in der Nacht gewesen wäre, ob ich jemanden verdächtigte etc. Ich antwortete einsilbig – nicht weil es sich nur um das Fußvolk handelte und die Fragen kein besonderes Interesse verrieten, sondern weil ich ganz einfach noch nicht in der Lage war, alle Einzelheiten detailliert zu erläutern. Ich zitterte am ganzen Körper und rauchte eine Zigarette nach der andern. Während ich sprach, hörte ich meiner Stimme zu, als würde sie nicht zu mir gehören.

Nach einer Dreiviertelstunde kamen sie Schlag auf Schlag: Gerichtsmedizin, ein kriminaltechnischer Untersuchungstrupp, Erkennungsdienst – nach einer weiteren halben Stunde die Kriminalpolizei in Gestalt von Hauptkommissar Oeser und der Kommissare Röntsch und Bönninghaus. Es wurde eng in meiner kleinen Wohnung. Die beiden Uniformierten waren damit beschäftigt, die spärlichen Aussagen, die ich gemacht hatte, unter die Leute zu bringen.

Ich blieb in der Küche, bis mich Hauptkommissar Oeser,

ein etwa fünfzigjähriger, korpulenter Mann mit Schnurrbart und Kassenbrille, bat, die Tote – er sagte: »das Opfer« – zu identifizieren. Als ich ins Zimmer kam, klackte ein paarmal hintereinander der Auslöser eines Fotoapparates. Blitzlichtblitze durchzuckten den Raum. Männer in blauen und weißen Overalls waren damit beschäftigt, kleinere Dinge (z. B. meinen Füllfederhalter, der auf dem Fußboden lag) einzutüten und überall nach Fingerabdrücken zu pinseln. Einer steckte seinen Arm in den Papierkorb und zog ihn schnell wieder heraus. Von seinem Gummihandschuh tropfte etwas herab.

Dann sah ich Agnes. Sie lag noch immer so da wie zuvor, nur hatte ihr jemand das Kissen vom Gesicht genommen. Ich zitterte und spürte, wie mir der Schweiß ausbrach.

Standardszene Leichenschauhaus: Der Kommissar hebt das Tuch. Schnitt. Die tote Frau auf der Bahre ist weiß geschminkt, was ihr ziemlich gut steht. Schnitt. Der Kommissar fragt einen reiferen Herrn, der einen Hut in der Hand hält: »Ist sie das?« Er nickt mit zusammengekniffenen Lippen und senkt das Haupt. Der Kommissar deckt wieder das Tuch über die Frau. »Kommen Sie.« Beim Hinausgehen setzt der Herr seinen Hut auf.

Agnes sah alles andere als gut aus. Unter den Augen hatte sie violette Ringe. Ihr Mund war aufgeklappt. Getrockneter Speichel klebte auf ihren Lippen. Auf der Stirn, an der Nase und am Hals hatte sie mehrere Druckstellen und Blutergüsse – ein paar davon kannte ich schon, sie stammten von der Prügelei am gestrigen Abend. Ihr Gesichtsausdruck war das reine Entsetzen, nichts als kreatürliche Angst, zu der die heruntergeklappten Lider – jemand musste ihr in der Zwischenzeit die Augen geschlossen haben – einen krassen Gegensatz bildeten.

»Können Sie die Frau identifizieren?«, hörte ich von hinten die Stimme des Hauptkommissars.

Ich nickte und würgte an dem Kloß in meinem Hals.

»Würden Sie uns bitte sagen, wie sie heißt.«

»Agnes ... sie war Polin ... ich habe sie gestern erst kennen gelernt.«

»Agnes Brzyska?«

Ich zog die Schultern hoch.

»Na gut, dazu kommen wir später.«

Später, das hieß auf einer Polizeistation in der Nähe vom Zoo. Auf der Fahrt wurde nicht viel geredet. Es war bereits Nachmittag, die Straßen voll, doch die Herren von der Kripo schalteten weder Sirene noch Blaulicht ein, auch nicht, als wir am Brandenburger Tor in einen Stau kamen. Vermutlich war die lockere Handhabung dieser nützlichen Hilfsmittel auch nur eine Mär aus unzähligen Polizeiserien.

Wir hielten vor einem preußischen Amtsgebäude – *Direktion Verbrechensbekämpfung, Delikte am Menschen, Organisierte Kriminalität.* Mein Leinenhemd war bereits zum x-ten Mal durchgeschwitzt. Auch das hellbraun gestreifte Sporthemd des Hauptkommissars und das T-Shirt von Kommissar Bönninghaus wiesen am Rücken und unter den Achseln großflächige Transpirationsflecken auf. Kollege Röntsch hatte es vorgezogen, noch ein bisschen die angenehme Kühle meiner Wohnung in Anspruch zu nehmen.

»Wie im Backofen!«, stöhnte Oeser und wischte sich mit einem karierten Taschentuch über seine bis zum Hinterkopf reichende Stirn.

Wir quetschten uns an dicht parkenden Polizeifahrzeugen vorbei, ignorierten jedoch – zu meiner Verwunderung – den Eingang des Respekt einflößen sollenden Gebäudes und steuerten auf einen daneben stehenden Beton-und-Glas-Neubau zu, in dem auch gut und gerne ein Sozialamt oder die Berliner Stadtreinigung residieren konnte. Oeser stieß mit Schwung eine Glastür mit der Aufschrift *Kriminalpolizei* auf, ich folgte ihm, hinter mir kam Bönninghaus. Fast unmerklich hatten sie mich in ihre Mitte genommen – wie vorhin, als wir durch den Hof des Hauses, in dem ich wohnte, liefen, dieselbe Reihenfolge. Einige Nachbarn hatten am Fenster gestanden. Vor dem Eingang gab es einen mittleren Menschenauflauf, als die Trage mit der grauen Folie für den Leichentransport aus dem Wagen geschoben wurde. Jemand fotografierte. Hielten die mich etwa für einen Mörder?

Oeser hängte ein gelbes Schild mit der Aufschrift: *Vernehmung – Bitte nicht stören!* an die Türklinke und bestellte im Vorzimmer bei der Sekretärin eine Kanne Kaffee. Ich setzte mich an die Längsseite eines Tisches, der ziemlich genau in der Mitte des Raumes stand. An den Wänden hingen mehrere Urlaubskarten, ein zirka zwei Quadratmeter großer Stadtplan von Berlin und eine Witzzeichnung mit dem Titel *Die 3 Ös von der K:* Bönninghaus, Röntsch und Oeser als figürliche Umlaute, die mit Lupe und Monokel dem Verbrecherpaar X und Y auf der Spur waren. Polizeihumor.

Bönninghaus steckte eine Kassette in ein Diktiergerät und stellte es auf den Tisch. Er war bestimmt zehn Jahre jünger als sein Chef, doch Schnurrbart und Haarschwund waren ansatzweise bereits zu erkennen. Er drückte auf die Aufnahmetaste, ein rotes Lämpchen begann zu leuchten.

»Herr Palmer«, sagte er betont deutlich, nachdem er Datum und Uhrzeit auf das Band gesprochen hatte. »Erzählen Sie uns doch bitte von Anfang an alles über Ihre Beziehung zu Frau Brzyska. Wann und wo haben Sie sie kennen gelernt?« Er sagte: Brschüschka. Sein Problem mit den Zischlauten war mir schon im Auto aufgefallen, als er von einer Abkürzung über die »Friedrischschtraße« schwärmte, die momentan jedoch nicht befahrbar sei.

Ich erzählte von Anfang an. Oeser hatte seine Brille fast bis zur Nasenspitze herabgeschoben und machte sich Notizen. Er unterbrach mich nicht. Als ich fertig war, legte er seine Stirn in Falten.

Bönninghaus holte eine Thermoskanne mit Kaffee und

Plastiktassen. »Mülsch?«, fragte er mich. Ich nickte und er stellte mir eine Mini-Dose Kondensmilch neben die Tasse.

Oeser atmete tief durch und schüttelte den Kopf. »Herr Palmer, Ihnen ist doch wohl klar, dass Sie für den voraussichtlichen Tatzeitpunkt kein Alibi haben? Ich könnte Sie als Hauptverdächtigen sofort festnehmen lassen. Da liegt eine Tote in Ihrem Bett und Sie kommen mir mit dieser Geschichte. Was würden Sie an meiner Stelle tun?«

Nervös klopfte ich mit einer Zigarette auf meinem Knie herum. Bönninghaus stellte mir einen Aschenbecher hin. Was sollte das werden: *Good cop and bad cop?* Ich dachte, das gäbe es nur in Filmen und Büchern.

»Sie sind ein sehr fantasievoller Mensch.« Oeser hatte die Brille abgenommen und sah mir direkt in die Augen. »Lesen viel.« Er nickte mir zu. »Es wird Sie vielleicht erstaunen, aber Morde durch Ersticken mit einem Kopfkissen werden fast ausschließlich in Kriminalromanen verübt. Und wissen Sie, warum?«

Selbstverständlich wusste ich es nicht.

»Weil die meisten Leute die Angewohnheit haben, auf ihren Kissen zu liegen, wenn sie schlafen. Der Täter müsste es ihnen also erst unter dem Kopf wegziehen. Ein völlig unnötiges Risiko. Das Opfer könnte aufwachen und schreien, hätte vielleicht sogar Gelegenheit, sich zu wehren. Viel sicherer ist es, ihm einfach die Hände um den Hals zu legen und fest zuzudrücken, mit beiden Daumen auf den Kehlkopf. Wenn Ihnen der Pole aus Ihrer Geschichte also gefolgt wäre – wie man es nach dem, was Sie uns erzählt haben, schlussfolgern könnte – und wenn er ein Profi ist, dann hätte er es auf diese Weise getan und nicht mit einem Kopfkissen.«

So etwas konnte ich nicht auf mir sitzen lassen. »Erstens ist es nicht meine Geschichte, sondern die Wahrheit. Zweitens habe ich nie behauptet, dass der Pole ein Profi ist. Und außerdem, wer sagt Ihnen, dass Polen keine Krimis lesen?«

»Werden Sie nicht witzig!«

»Und wenn er ein Profi ist, hätte er erst recht einen Grund, dafür zu sorgen, dass es wie Pfusch aussieht. Das wäre sogar höchst professionell und viel klüger, als wenn jeder sehen könnte: Da war ein Profi am Werk, auf keinen Fall Henry Palmer.«

Oeser rieb sich das Doppelkinn. Bönninghaus sprang ein: »Gut, Sie haben also für die Zeit zwischen null Uhr und ein Uhr dreißig kein Alibi. Wie sieht es mit den Zeugen für die Zeit davor und danach aus? Ich brauche Namen, Adressen, Telefonnummern. Bitte!«

Sein »Bitte!« war keine Höflichkeitsfloskel, sondern vielmehr eine Aufforderung: Ich höre! Schnell, schnell! Jetzt aber, wenn du die Nacht nicht hinter Gittern verbringen willst!

»Hannah Lachmund«, sagte ich. »Das heißt: Hannah Grimm. Sie hat geheiratet.« Oeser sah mich misstrauisch an. »Mit ihr war ich in dem Weinlokal am Gendarmenmarkt. Soviel ich weiß, wohnt sie zurzeit bei irgendeinem Geschäftsmann. Sein Name ist mir allerdings entfallen.«

»Denken Sie nach!«

»Sie wollte sich wieder melden.« Ich wusste, dass mir der Name, wenn überhaupt, nur dann wieder einfallen würde, wenn ich nicht daran dachte. Im Augenblick war es sinnlos. Trotzdem tat ich aus taktischen Gründen ein bisschen so, als ob ich überlegte.

Bönninghaus klopfte ungeduldig mit seinem Kugelschreiber auf einen Schreibblock. Oeser seufzte tief, wie ein Examinator, dessen Prüfling gerade die letzte Chance auf ein ›Genügend‹ mit schlafwandlerischer Sicherheit vergeben hatte. »Sehr aufschlussreich«, brummte er.

Harte Schale, weicher Kern, dachte ich und diktierte Adresse und Telefonnummer von Nicole. »Ich glaube allerdings, sie hat nichts gehört, als ich zu ihr nach Hause kam.«

»Was heißt: Sie glauben?«, fragte Bönninghaus.

»Wissen Sie immer, ob Ihre Frau schläft, wenn es so aussieht?«

Oeser grinste.

»Dann waren da noch der Kellner aus dem Lokal, zwei Taxifahrer, die etwas gesehen haben müssen, und natürlich der Pole.« Ich betastete meinen Unterkiefer. Für jemanden, der mich nicht kannte, sah mein Kinn sicherlich ganz normal aus.

»Apropos.« Bönninghaus knallte einen Stapel Ordner auf den Tisch. »Würden Sie bitte so freundlich sein, die mal durschzusehen. Vielleischt ist Ihr polnischer Freund ja kein Unbekannter.«

Wer behauptet, nicht jeder Verbrecher sehe wie ein Verbrecher aus, hat noch nie in einem Verbrecheralbum geblättert. Selbst ein Krimineller, der normalerweise vielleicht als Vertreter eines artverwandten Berufsstandes – sagen wir: BVG-Kontrolleur, Talkshow-Moderator oder Wohnungsmakler – durchgehen könnte, sieht im Layout einer solchen Kartei aus wie das, was er ist: ein schwerer Junge. Man müsste die Welt durch die Linse eines Polizeifotografen sehen und man wüsste sofort, woran man wäre.

Während ich blätterte, verschwand Bönninghaus im Nebenzimmer. Sein Lachen und das der Sekretärin drangen durch die Tür. Oeser beobachtete mich über den Rahmen seiner Brille hinweg. Hin und wieder kritzelte er etwas in sein Notizheft. Auf dem Schreibtisch neben ihm häuften sich die Papiere. Außerdem gab es zwei Telefone, eine gelbgrüne Blattpflanze in einem Hydro-Topf und einen verstaubt aussehenden Computer, auf dessen Monitor ein kleiner, bronzener Eiffelturm stand.

Es waren nicht nur polnische Missetäter, die ich zu begutachten hatte, sondern auch russische, tschechische – gerne hätte ich Bönninghaus dieses Wort in den Mund gelegt –, jugoslawische, rumänische, ungarische und bulgarische. Offensichtlich trauten sie mir eine Differenzierung osteuropäischer Nationalitäten nicht zu.

Nach ungefähr einer halben Stunde hatte ich ihn. Ich wollte meine Entdeckung eigentlich noch ein paar Sekunden für mich behalten, um in Ruhe die Aktennotiz durchzulesen, aber einem Hauptkommissar von der Kripo machte man nichts vor, zumindest nicht, wenn er Oeser hieß.

»Was ist?«, fragte er und hatte die Mappe schon in der Hand. »Haben Sie ihn gefunden?«

»Das ist der Mann von gestern Abend.«

»Lutz!«, rief er und Bönninghaus kam angehechelt. »Kennst du den?«

Bönninghaus sah mich an. »Sind Sie sicher?«

»Hundertprozentig.«

»Einen Moment.« Die beiden verschwanden im Nebenzimmer.

Nach fünf Minuten kam Oeser wieder herein. Er lächelte. »Zu Ihrer Information: Der Mann, den Sie identifiziert haben, heißt Piontek. Wie er sich im Augenblick nennt, ist nicht bekannt. Er stammt aus Krakau. Dreimal wurde er wegen Vergehen gegen das Zollgesetz, Körperverletzung und räuberischer Erpressung abgeschoben. Aber es gefällt ihm hier so gut, dass er immer wiederkommt. Die Kollegen von der Organisierten Kriminalität haben schon auf ihn gewartet. Ich möchte Sie nicht beunruhigen, aber es wäre vielleicht besser, wenn Sie ein Weilchen bei Ihrer Freundin bleiben würden. Ihre Wohnung wird zurzeit sowieso noch untersucht. Aber denken Sie vor allem daran, dass Sie Piontek zusammen mit Agnes Brzyska in der Nacht ihrer Ermordung gesehen haben. Möglicherweise ist das nicht ganz ungefährlich. Piontek *ist* ein Profi, und wenn er der Mörder ist, weiß er, wo Sie wohnen.«

»Soll das heißen, ich kann jetzt gehen?«

»Auf Wiedersehen!«, sagte Oeser und streckte mir seine behaarte Pranke entgegen.

Ich stand auf. Sein Händedruck war feucht und fest. Auf einmal ging mir alles ein bisschen zu schnell. Die Vernehmung hatte mir zwar geholfen, über den ersten Schock hinwegzukommen. Ich musste mich verteidigen, meinen Kopf einschalten, um Oesers Angriffen und Verdächtigungen etwas entgegenzusetzen. Dadurch jedoch war die Tote aus meinem Zimmer nur zeitweilig in den Hintergrund gerückt. Jetzt lag sie wieder vor mir – mit geöffnetem Mund und geschlossenen Augen.

»Geht es Ihnen nicht gut?« Oeser hielt noch immer meine Hand.

»Wurde sie eigentlich ...?«, dachte ich laut.

Oeser schüttelte den Kopf. »Raten Sie mal, warum ich Sie laufen lasse, Herr Palmer.« Er grinste mich an. »Ihr einziges Motiv, soweit ich es sehen kann, wäre ein sexuelles.«

»Besten Dank«, sagte ich und verließ den Raum.

Im Vorzimmer ließ mich Bönninghaus noch ein Papier unterschreiben, in dem ich mich verpflichten musste, bis zum Abschluss der Ermittlungen meinen Aufenthaltsort anzugeben und für Auslandsreisen eine Genehmigung einzuholen.

Auf der Straße roch es nach Abgasen. Es war beinahe zwanzig Uhr, doch ich hatte nicht den Eindruck, dass es sich wesentlich abgekühlt hatte. Einen Moment zögerte ich. Sollte ich gleich zu Nicole fahren? Aus einem Gebüsch drang Vogelgezwitscher. Schräg vom Eingang stand eine Telefonzelle. Ein uniformierter Schutzmann mit einem Aktenkoffer in der Hand schlenderte den Bürgersteig entlang und stieg in einen roten Opel Astra. Er öffnete das Schiebedach. Aus seinem Autoradio dröhnten »die größten Hits der 70er, 80er und 90er«. Vielleicht dachte er schon an sein gut gekühltes Feierabend-Schultheiss. Ein Mann, der wusste, wo er hingehörte. Im Augenblick beneidete ich ihn darum.

Auf der Kurfürstenstraße herrschte noch immer ziemlich starker Verkehr. Ein paar Schritte in Richtung Telefonzelle und ich konnte erkennen, dass es ein Kartentelefon war. Selbstverständlich hatte ich keine Telefonkarte.

Versiegelte Türen

Ich rief Nicole eine Viertelstunde später aus einem Telefonhäuschen in der Nähe vom Bahnhof Zoo an. Nach dem dritten Läuten hob sie ab.

»Ja, Albrecht.« Ihre Stimme klang gereizt, als hätte ich sie bei irgendeiner wichtigen Sache gestört. Aber so klang sie öfter.

»Nicole, hier ist Henry.«

»Ach so.« Sie war nicht begeistert, wirklich nicht.

»Hast du den Zettel gefunden? ... Tut mir Leid, ich hab das Paket auf deinem Nachttisch übersehen. Der Kurier hat mich wachgeklingelt. Vielleicht kann ich es irgendwie wieder gutmachen ...«

Schweigen.

»Wenn du wüsstest, was mir heute passiert ist. Ich bin noch völlig durcheinander. Aber das kann ich dir unmöglich am Telefon erzählen ...«

Wenn sie sauer war, redete sie nicht.

»Nicole?«

»Die Polizei war hier.«

»Was?« Ein solches Tempo hätte ich der Kripo nicht zugetraut.

»Sie haben mich gefragt, wann du letzte Nacht nach Hause gekommen bist und ob ich die Frau kenne, die sie tot in deinem Bett gefunden haben. Ich ...«, ihre Stimme begann zu zittern, »... wusste ja nichts.«

Verdammte Scheiße, das hatte ich bestimmt diesem Röntsch zu verdanken, der die Telefonnummer ausprobiert haben musste, die ich Agnes für den Notfall dagelassen hatte. »Pass auf, in einer halben Stunde bin ich bei dir, einverstanden?«

»Es ist, glaube ich, besser, wenn wir uns erst mal für eine Weile nicht sehen.«

Nach diesem TV-Serien-reifen Satz hatte sie tatsächlich aufgelegt. Aus dem Hörer kam nur noch ein Piepton.

Ich war schon dabei, ihre Nummer ein zweites Mal zu wählen. Doch dann überlegte ich es mir anders. Vielleicht hatte sie Recht, vielleicht war es jetzt klüger, erst mal abzuwarten. Wir hatten im Moment nicht unsere beste Zeit.

Theos Nummer war eine der wenigen, die ich im Kopf hatte: 2818181.

Die Leitung war tot; Hannah hatte es mir gesagt. Ich holte meine Zigaretten aus der Tasche und wählte die Zahlen, die auf der Schachtel standen.

Niemand hob ab. Ich ließ es klingeln und wartete, obwohl ich längst wusste, dass es zwecklos war. Das Freizeichen im Ohr, legte ich die Stirn gegen das Metallgehäuse des Fernsprechers.

Ich wusste nicht, was ich tun sollte. Zwischen mir und der Welt waren Wände aus Glas. Ein paarmal klopfte es. Irgendwann wurde die Tür aufgerissen. »Schluss jetzt!«

Jemand entfernte mich unsanft aus meinem gläsernen Schlupfwinkel. Draußen warteten mehrere Gesichter, in denen geschrieben stand, was sie von mir hielten.

Ich fuhr mit der S-Bahn bis Hackescher Markt. Vor dem *Varieté Chamäleon* standen haufenweise Menschen und Fahrräder. Die Straßenbahn quietschte in der Kurve, als sie in die Neue Schönhauser Straße einbog. Ich folgte ihr.

Die Fassade des Hauses, in dem Theo wohnte, war neu gestrichen. Ich war eine ganze Weile nicht mehr hier gewesen und dachte zuerst, ich hätte mich in der Nummer geirrt.

Theos Wohnung befand sich im Hinterhaus. In den Fenstern, die zum Hof gingen, brannte kein Licht.

An seiner Wohnungstür hing ein Zettel:

Anzeige

In der Zwangsvollstreckungssache Karl-Heinz Breschke gegen Theo Trepka habe ich den Schuldner aus dem Besitz dieser Räume entsetzt.
Dem Schuldner nebst Familienangehörigen wird das Betreten dieser Räume untersagt.
Wer diese Anzeige unbefugt entfernt, wird nach den strafrechtlichen Bestimmungen bestraft.

Berlin, d. 19.06.1995
(Schmalhans, Gerichtsvollzieher)
DR-Nr. 978/99

Daneben: zwei rote Siegel, jeweils eins an Tür und Rahmen, die mit einem Bindfaden verbunden waren.

Zuerst war ich dasselbe wie der Schuldner aus dem Besitz dieser Räume: entsetzt! Dann konnte ich nur noch lachen. Die deutsche Poesie der Amtsstuben hatte hier ihren vorläufigen Höhepunkt erreicht. Besser konnte man einen Rausschmiss nicht ausdrücken. Ein Aus-dem-Besitz-Entsetzter ist wie ein entfernter Verwandter: aus den Augen, aus dem Sinn.

Als wir uns das letzte Mal sahen, hatte Theo irgendetwas von Schwierigkeiten mit seinem Vermieter erzählt, der für geringfügige kosmetische Veränderungen in seiner Wohnung gleich eine unverhältnismäßig hohe Miete verlangte. Wir hatten schon einige Biere intus gehabt und ich wusste nicht mehr so genau, worum es im Einzelnen gegangen war. Ich erinnerte mich nur noch daran, dass Theo gebetsmühlenartig »Keinen Pfennig!« vor sich her psalmodierte, »Keinen Pfennig!« werde er diesem Miethai in den aufgerissenen Rachen werfen, »Keinen Pfennig!«. Stattdessen werde er seine bisherige Miete weiterbezahlen, »Basta!«, solle ihn dieser verkommene, geldgierige Bastard doch ruhig verklagen.

Wenn ich mich recht erinnerte, hatte ich ihm geraten, eine Mieterberatungsstelle aufzusuchen, bevor er sich auf einen Prozess einließ. Notfalls würden die ihn auch vor Gericht vertreten. Keine Ahnung, was Theo dazu gesagt hatte. Vermutlich gar nichts, nur hämisch gegrinst, wie er es öfter tat, und seinen Zinken ins Bierglas gesteckt.

Ich wollte ihn unbedingt erreichen, aber erst mal musste ich etwas essen. Mir war vor Hunger schon ganz schlecht. Abgesehen von dem Kaffee bei der Kripo, war das Frühstück im Stehen bei Nicole das Letzte gewesen, was ich zu mir genommen hatte – und das hatte ich ja bald darauf in den Papierkorb geworfen. Ein paar Straßen weiter gab es einen Italiener, zu dem mich Theo mal mitgenommen hatte. Um meinen Magen nicht gleich zu überfordern, bestellte ich Salat mit Schafskäse und Oliven, dazu einen Viertelliter Rotwein und Wasser.

Im Restaurant gab es ein Münztelefon. Beim Kellner wechselte ich Kleingeld ein. Ich wählte wieder die Nummer von der Zigarettenschachtel, die inzwischen leer war. Eine helle Frauenstimme meldete sich. Ich verlangte Theo.

»Einen Moment«, sagte sie und ein paar Sekunden später hatte ich ihn tatsächlich an der Strippe.

»Hallo, Henry!«, krähte es aus der Ohrmuschel, worauf ich den Hörer automatisch ein paar Zentimeter weiter weg hielt. »Lange nichts von dir gehört.«

»Dein Telefon ist tot, ich wollte dich gerade besuchen.«

Ein Lachen, das den Abstand zwischen dem Hörer und meinem Ohr noch vergrößerte. »Nicht schlecht, was? Wer mich abzocken will, muss schon etwas früher aufstehen.«

»Ich weiß nicht, wo wohnst du denn jetzt?«

»In einer WG, Chausseestraße. Ich hab's dir ja gesagt: Dieses erpresserische Vermieterschwein hat keinen Pfennig mehr gesehen. Einfach ausgezogen, ohne Bescheid zu sagen, von einem Tag auf den andern! Soll er doch nach mir fahnden lassen, wenn er etwas von mir will!«

»*Du* wohnst in einer Wohngemeinschaft?« Ich war baff. Meine Fantasie reichte beim besten Willen nicht aus, um mir Theo in der Mitte eines penetranten Ich-will-nicht-sein-wie-die-andern-Vereins mit Hang zum Weltverbessern, Zigarettendrehen und Haaregrünblaulilafärben vorzustellen.

»Seit einem Vierteljahr. Wie wär's, wenn du mich mal besuchst? Dann kann ich dir alles im Einzelnen erzählen. Am besten, wir machen gleich einen Termin aus, ich habe im Augenblick viel zu tun.«

»Theo, ich habe ein Problem.« Endlich fiel mir wieder ein, weshalb ich angerufen hatte. »Ich muss für ein paar Tage irgendwo unterkommen. Zu Hause kann ich nicht bleiben und Nicole will im Augenblick nichts von mir wissen.«

»Hm …« Er schien zu überlegen. »Marc ist für ein paar Wochen in England. Ich glaube nicht, dass er etwas dagegen haben würde … Okay! Wann willst du kommen?«

»Am liebsten gleich.«

»Warte, ich habe hier noch ein bisschen zu tun, es ist besser, wenn ich vorher mit den anderen gesprochen habe. Sagen wir in anderthalb oder zwei Stunden.« Er gab mir die Adresse und Telefonnummer durch. »Ruf vorher an!«

»Danke, Theo.« Ich war wirklich froh, auch darüber, dass er nicht viel gefragt hatte. »Übrigens, Hannah ist wieder in Berlin.«

»Hannah Lachmund?«

»Sie heißt jetzt Grimm.«

»Erzähl's mir später.«

Ich zog noch eine Schachtel Zigaretten und bezahlte gleich am Tresen. Es war schon nach zehn, als ich das Lokal verließ. Auf dem Bürgersteig herrschte starker Verkehr in Richtung Scheunenviertel – Englisch und Schwäbisch sprechende Leute auf dem Weg zur Oranienburger Straße (»Berlins heißeste Meile«, wie inzwischen die Stadtführerschreiber voneinander abschrieben). Die Autos fuhren im Schritttempo.

Seit dem Telefonat mit Theo fühlte ich mich erleichtert. Außerdem tat es gut, wieder etwas im Magen zu haben. Ein paar Tage woanders wohnen, ausspannen, einfach alles laufen lassen. Vielleicht fiel mir auch etwas ein, womit ich Nicole noch einmal von mir überzeugen konnte. Aber nicht gleich wieder zu viel verlangen – eins nach dem andern!

Am Rosa-Luxemburg-Platz stieg ich in eine Straßenbahn. Nach Hause fahren, ein paar Sachen holen, dann Theo anrufen ... Plötzlich fiel mir wieder Oesers Warnung ein. Der Pole, Piontek hieß er wohl, wusste, wo ich wohnte.

Komischerweise beunruhigte mich dieser Gedanke nicht. Und er hatte es auch vorher nicht getan. Der einzige Grund, weshalb ich nicht zu Hause schlafen wollte, war das Bild von Agnes' Leiche auf meinem Sofa. Ich hätte es immer vor mir gesehen, egal was ich tat, niemals hätte es mich in Ruhe gelassen.

Gott sei Dank war die Haustür offen. Die Kletteraktion blieb mir also erspart. Dafür war meine Wohnungstür ein paar Zentimeter neben dem Spion versiegelt. Ein simpler Aufkleber, kein Vergleich zu den schicken roten Siegeln des Gerichtsvollziehers. Der Statusunterschied war unübersehbar. Ich schloss einfach auf.

Wenn ich ein Sicherheitsschloss gehabt hätte, wie es meine Nachbarn bevorzugten, wäre es dem Mörder sicher nicht so leicht gefallen, hier hereinzukommen, ging es mir durch den Kopf, während ich das Schloss inspizierte. Nichts zu sehen, es funktionierte tadellos! Daraufhin verbot ich mir jeden weiteren Gedanken im Konjunktiv.

Die Overalls vom Erkennungsdienst hatten gründliche Arbeit geleistet. Sogar das Bettzeug hatten sie mitgenommen, wofür ich ihnen wirklich dankbar war.

Fremder in der Nacht

Ich legte die Zeitung aus der Hand, als mein polnischer Freund wieder zu sich kam. Er stöhnte, berührte die Wunde an seinem Kopf und leckte das Blut ab, das an seinen Fingern klebte.

»Geht's?«, fragte ich, nachdem ich ihm hochgeholfen hatte. Mit wackligen Knien stand er zwischen Brechts theoretischen Schriften und starrte mich an. »Na komm schon!«, sagte ich und führte ihn durch den Korridor zum Bad, was er sich wortlos gefallen ließ. Er wirkte wie ein gefangenes Tier, dessen Wille gebrochen war.

Ich ging in die Küche, stellte den Teekessel auf die Flamme und machte etwas zu essen. Aus dem Bad drang das Rauschen des Wasserhahns. Nach fünf Minuten erschien der junge Mann mit feuchtem Gesicht in der Tür. Ich machte eine einladende Geste. Zögernd setzte er sich an den Küchentisch und schwieg. Aus den Augenwinkeln beobachtete er mich beim Teekochen. Vielleicht dachte er an die Pistole. Er sah müde aus. Die belegten Brote, die ich ihm hingestellt hatte, ignorierte er. Dafür steckte er sich eine *West* an. Die Wunde an seiner Stirn hatte aufgehört zu bluten.

»Aspirin?«, fragte ich und zeigte auf seinen Kopf.

Er antwortete nicht.

Ich holte die Zeitung aus dem Zimmer, goss Tee ein und setzte mich zu ihm. Noch einmal überflog ich die wenigen Zeilen, bestimmt schon zum zehnten Mal:

MORD IN FRIEDRICHSHAIN

Gestern Mittag alarmierte der dreißigjährige Henry P. die Polizei. Die herbeigeeilten Beamten fanden in der Wohnung des Sozialhilfeempfängers in der Friedrichshainer Straßmannstraße die Leiche der Polin Agnes Brzyska (36), die mit einem Kissen auf dessen Sofa erstickt wurde. Nach Auskunft des ermittelnden Kommissars Volker Röntsch können weder sexuelle Motive noch Verstrickungen in die kriminellen Aktivitäten der Polenmafia ausgeschlossen werden. Näheres könne man jedoch erst nach Abschluss der kriminaltechnischen Untersuchungen sagen. Henry P. wurde vorläufig festgenommen.

Darunter ein Foto, ein bisschen unscharf, aber ziemlich gut getroffen, das mich zeigte, wie ich, flankiert von Oeser und Bönninghaus, auf die Straße trat. Sogar die Hausnummer war zu erkennen.

Zur Erläuterung gab es noch eine Bildunterschrift: Der Hauptverdächtige Henry P. wird abgeführt.

Ich warf die Zeitung auf den Tisch. »Deswegen bist du also hier?!«

Er sagte nichts, kaute nur an seinen schmalen Lippen und schaute nach unten. Vielleicht wollte er seine Tränen verbergen.

»Also, was willst du?«

»Agnes war meine Schwester«, sagte er leise, ohne aufzusehen.

»Deine Schwester ...« Ich war überrascht. »Und du glaubst, ich hätte sie ...«

Er sah mich an.

»Ich hab's nicht getan!« Es fiel mir nicht schwer, seinem Blick standzuhalten.

Er lächelte bitter. »Das sagen alle.«

Damit hatte er natürlich nicht ganz Unrecht. Aber was sagt man in einer solchen Situation? – »Es tut mir Leid, was mit deiner Schwester passiert ist, wirklich, aber wenn du ihren Mörder suchst, bist du bei mir an der falschen Adresse. Ich habe sie hier schlafen lassen, weil sie nicht wusste, wohin – das ist alles.«

»Aber wer?« Er schlug auf den Tisch, dass die Tassen

sprangen. »Wer dann war es?« Seine Rs klangen wie eine Küchenmaschine, die Karotten zerkleinerte.

»Ich weiß es nicht.«

Der Tee war übergeschwappt und tränkte die Zeitung. Ich holte einen Lappen. Auch seine Zigaretten hatten etwas abbekommen. Ich bot ihm eine von meinen an. Zuerst zögerte er, dann griff er in die offene Schachtel. Sein Streichholzheft war ebenfalls feucht geworden. Er warf es in den Aschenbecher.

»Übrigens, ich heiße Henry, aber das hast du ja schon gelesen.«

Er sah mich nur an, die unangezündete Zigarette zwischen den Lippen. Seine borstigen Haare bildeten in der Mitte einen Wirbel, wodurch er aussah wie ein bockiger Halbwüchsiger, der das Erwachsensein ausprobierte.

Auf der Suche nach meinem Feuerzeug fand ich in meiner Jacketttasche die Streichholzschachtel, die mir Agnes im Taxi gegeben hatte. *Peters Bierbar* stand darauf, *gepflegte Biere, herzhafter Imbiss – 3 Min. vom U-Bahnhof Hermannplatz.*

»Hier!«, sagte ich und warf sie ihm zu. »Die habe ich von deiner Schwester.«

Er fing die Schachtel auf und zündete sich seine Zigarette an. Nachdem er eine Weile den Aufdruck betrachtet hatte, steckte er die Zündhölzer ein. »Danke.« Er strich sich durchs Haar und sah mir zu, wie ich den Tisch abwischte.

Sein »Danke« erinnerte mich an Agnes. Auch sie hatte »Danke« gesagt – und »Henry« mit einem wundervoll gaumigen H. Noch keine vierundzwanzig Stunden war das her!

Ich beschloss, meinem Gast … Wie hieß er, Andrzej? Ja, Andrzej! – Also, ich beschloss, Andrzej zu erzählen, unter welchen Umständen ich seine Schwester kennen gelernt hatte. Vielleicht konnte ich so etwas von ihm erfahren. Ich goss Tee nach.

Bald nachdem ich angefangen hatte zu reden, machte

Andrzej sich über die Brote her. Ich wollte noch welche schmieren, aber er schüttelte den Kopf, ich sollte weitererzählen.

Als ich fertig war, sagte er kein Wort. Ich konnte sehen, wie sehr ihn das alles mitgenommen hatte. Er legte die Hände vors Gesicht. Ich ging ins Zimmer und holte den Sherry.

Er sah mich mit feucht glänzenden Augen an und fragte: »Wie sah der Mann aus, der hat meine Schwester geschlagen? Wie hieß … Piontek?«

Ich beschrieb ihn: zirka eins neunzig groß und genauso breit, leicht gewelltes, dunkles Haar (vorne kurz, hinten lang), heller Anzug, buntes Hemd, Schnauzbart …

»Pawel!«, schrie er und schlug mit der flachen Hand auf die Tischplatte. Der Tee war inzwischen abgeräumt. »Bei uns er nannte sich Pawel.«

»Du kennst ihn also?«

Er nickte heftig. »Er hat zusammengebracht Agnes und deutschen Mann, der wollte sie heiraten.«

»Du meinst, sie kam hierher, um zu heiraten?«

»Agnes hat kein Glück mit Männer in Polen. Sie wollte deutschen Mann, Vater für Kind.«

»Sie hat ein Kind?«

»Ein Junge, Daniel, ist zwölf Jahre alt.«

»Wie hieß der Mann, der sie heiraten wollte?«

Er zuckte mit den Schultern. »Pawel hat gesagt, sie kennen lernen sich in Berlin, ein paar Tage zusammen. Der Mann wird alles bezahlen. Dann sehen weiter.«

»Agnes und der Deutsche?«

»Nie! Agnes, der Deutsche und Daniel.«

»Dann muss der Junge doch noch irgendwo hier sein!«

Andrzej war erregt. Er stieß ein paar scharf zischende polnische Vokabeln aus, bevor er auf Deutsch fortfuhr: »Agnes hat gestern mich angerufen in Polen, geweint und gesagt, Pawel sie hat gefahren über Grenze zurück und Daniel behalten bei deutschem Mann. In einer Woche er dann nach Hause schicken. Dafür fünfhundert Mark.« Er musste ein paarmal schlucken, bevor er weiterreden konnte. »Aber Agnes wollte kein Geld, sie wollte Daniel. Pawel ist wütend geworden und hat zu ihr gesagt: Wenn Polizei rufen, dann wird Jungen etwas passieren.«

Er hatte wieder Tränen in den Augen. Ich goss ihm Sherry in ein Whiskyglas. Er kippte ihn hinunter, ich glaube, ohne überhaupt wahrzunehmen, was er da trank. Ich nippte an meinem Glas und schwieg. Wie immer, wenn es galt, Trost zu spenden, fehlten mir die Worte.

»Wo ist Pistole?«, fragte er plötzlich.

»Später«, sagte ich. »Was hat sie noch am Telefon gesagt?«

»Sie nicht wollte nach Hause zurück ohne Daniel, aber auch Angst, zu gehen zu Polizei, wegen Bedrohung von Pawel. Sie hat gesagt«, er sprach jetzt sehr langsam und konzentriert, »sie weiß, wie sie Daniel finden kann. Ich habe gesagt, ich werde kommen und helfen. Sie soll warten. Wir treffen uns in Berlin, Bahnhof Zoo.«

»Und du warst da, aber niemand ist gekommen.«

»Gewartet den ganzen Tag. Am Abend ich kaufte Zeitung und gelesen, dass Agnes tot ... ermordet. Warum sie nicht gewartet hat auf mich?« Er sagte wieder etwas auf Polnisch und senkte den Kopf.

Ich goss Sherry nach. Als ich ihm nach einer Weile stumm zuprostete, ging er darauf ein.

»Hattest du die Absicht, mich umzubringen?« Eine Frage, die mich wirklich interessierte.

Er zögerte. »Ich weiß nicht. Ich weiß nicht, was ich werde tun. Ich muss tun etwas, aber was – ich nicht weiß.«

Ich riet ihm, zur Polizei zu gehen und Oeser die ganze Geschichte zu erzählen. Ich gab ihm die Telefonnummer. »Da rufst du morgen an.« Er wollte etwas sagen. »Keine Widerrede! Du hast gesehen, wozu diese Leute im Stande sind. Versprich mir, dass du nichts weiter unternehmen wirst! Oder soll ich für dich anrufen?«

Er schüttelte den Kopf und steckte den Zettel mit der Nummer in die Gesäßtasche seiner schmuddligen Jeans.

»Das Telefon steht im Zimmer. Heute Nacht bleibst du hier!« Plötzlich fiel mir wieder Oesers Warnung vor diesem Piontek oder Pawel ein. Ich hatte eigentlich keine Lust auf eine zweite Leiche in meiner Wohnung. Schließlich kannte Andrzej ihn auch. Doch dann beruhigte ich mich damit, dass ich selbst so wenig an den potenziellen Zeugenkiller glaubte, dass ich vorhin ohne Bedenken die Tür geöffnet hatte. Ich durfte jetzt nicht die Nerven verlieren. »Wenn es klingelt, machst du nicht auf! Hörst du?«

Andrzej sagte nichts, sondern sah mich nur an. Seine Augen waren rot und wässrig – Tränen und Alkohol ... Wahrscheinlich war er zu erschöpft, um zu widersprechen.

»Die Pistole, wo hast du die eigentlich her?«

»Das ist kein Problem. Ich habe gekauft, nachdem Agnes telefoniert hat. Sie ist alt und billig. Kein Problem.« Offensichtlich war er ein bisschen stolz auf sich.

»Ich werde sie vorerst behalten. Es macht keinen guten Eindruck, wenn du bei der Polizei mit einer Waffe aufkreuzt.«

Ihm gefiel nicht, was ich sagte, aber was sollte er tun?

Ich holte die Luftmatratze vom Hängeboden und begann mit dem Aufblasen. Schließlich konnte ich ihn unmöglich auf dem Sofa schlafen lassen. Anfangs stellte ich ihm noch keuchend ein paar Fragen, dann redete er von selbst. Der Alkohol hatte ihn gesprächig gemacht:

Deutsch könne er, weil er schon öfter in Deutschland gearbeitet hätte, auch in Berlin, auf Baustellen als Hilfsarbeiter. In Polen gebe es wenig Arbeit und noch weniger Geld dafür. Aber in Deutschland leben wolle er auf keinen Fall. Die Deutschen hassten die Polen, weil sie dächten, sie würden nur ihre Autos stehlen. Dabei seien mindestens ebenso viele Deutsche am Geschäft mit gestohlenen Autos beteiligt wie Polen. Manche brächten ihre Wagen sogar selbst über die

Grenze, verkauften sie dort und behaupteten, sie seien ihnen gestohlen worden, um auch noch Geld von der Versicherung zu kassieren. »Verstehst du?«

»Ich weiß«, sagte ich und holte tief Luft.

»Hast du ein Auto?«

»Mhm, mhm«, machte ich und schüttelte den Kopf, der schon wieder am Mundstück der Luftmatratze hing.

Wenn er genug Geld zusammenhabe, vielleicht in ein, zwei Jahren, werde er sich einen Mercedes kaufen, keinen neuen, einen 123er, aber mit Schiebedach, Automatikgetriebe und allem Drum und Dran. Er könne alles selbst reparieren. Das habe ihm sein Vater gezeigt. Der sei jetzt leider nicht mehr da ... Überhaupt sei niemand mehr da, nur noch er und Daniel. Um den werde er sich nun kümmern müssen ...

»Fertig«, sagte ich. Als ich aufsah, war er eingeschlafen, den Kopf auf der Tischplatte. Seine Zigarette lag noch qualmend im Aschenbecher. Ich holte eine Decke und versuchte ihn wachzurütteln: »Es ist bequemer, wenn du dich hinlegst, glaube ich.«

Er schien das auch zu glauben. Jedenfalls nickte er, ohne jedoch irgendwelche Anstalten zu machen. Ich zog ihn hoch – er war nicht sehr schwer – und schleppte ihn rüber zur Luftmatratze, wo ich ihn einfach sich selbst überließ. Er fiel weich. Schuhe aus, Decke rüber – das war's!

»Morgen früh rufst du die Polizei an, hörst du, Hauptkommissar Oeser!« Er reagierte nicht mehr, aber der Satz war sowieso an sein Unterbewusstsein gerichtet. Dann schrieb ich noch meinen Namen und Theos Telefonnummer auf einen Zettel und steckte ihn in seinen linken Schuh.

Apropos Theo, ich musste ihn unbedingt anrufen.

Theo, Leo, Liss und Konrad

Theo war in beruflicher Hinsicht zwar der erfolgreichste von uns dreien – immerhin hatte er sein Studium beendet und schickte sich jetzt auch noch an zu promovieren –, ansonsten aber viel abgedrehter und zerzauster als Hannah und ich es je sein werden. Solange ich ihn kannte, war er in Schwierigkeiten. Er war kantig und groß und stieß überall an. Entweder er stand, ohne es zu merken, irgendjemandem im Weg oder er stellte sich extra dorthin. Außerdem gab es zwei Dinge, für die in seinem Sprachgebrauch kein Singular existierte: Frauen und chemische Formeln – wobei die Formeln im Laufe der Zeit immer länger und die Frauen im Vergleich zu ihm immer jünger wurden.

Es gab wenig, worüber er sich wunderte, auch nicht darüber, dass ich erst mitten in der Nacht anrief. »Ich dachte schon, du hättest es dir anders überlegt«, sagte er nur, als ich mit meiner Reisetasche bei ihm vor der Tür stand.

Ich hingegen fand, dass es schon Gründe gab, über bestimmte Dinge Verwunderung zu äußern. Darüber zum Beispiel, dass mir mein alter Freund Theo nicht in gewohnter Theohaftigkeit – unrasiert, mit einer Gerade-vom-Mittagsschlaf-aufgestanden-Frisur und abgetragener Schlabberjeans – entgegentrat, sondern ein bisschen aussah wie der DJ Sven Väth: fast Vollglatze, zackig heruntergezogene Koteletten, sorgsam gezüchteter Kinnbart, Ohrring, Batik-T-Shirt usw. Ich stand da und kriegte den Mund nicht zu.

»Was ist, willst du im Treppenhaus übernachten?« Er nahm mir die Tasche aus der Hand und schob mich in den Korridor.

»Du hast dich überhaupt nicht verändert«, sagte ich. »Kein bisschen!«

»Oh!, sagte Herr K. und erbleichte.« Seine Lachfalten an

den Augenwinkeln standen in Pose. Wenigstens etwas, das noch an Theo erinnerte.

»Bist du nicht ein wenig zu alt für solche Sachen?«

»Frauen«, sagte er achselzuckend und jeder, der ihn kannte, gab sich mit so einer Erklärung zufrieden. Frauen und chemische Formeln!

Die Wohnung sah auch etwas anders aus, als ich sie mir vorgestellt hatte. Ein langer Flur, hellblau gestrichen, von dem mindestens fünf Zimmer abgingen, Parkettfußboden. Die Wände wurden beleuchtet von mehreren Halogen-Spiegellampen, die ziemlich weit heruntergedimmt waren. An der einen Wand hing ein Gesicht aus grünen und violetten Neonröhren, gegenüber ein riesiger Spiegel, der vom Fußboden bis zur Decke reichte. In einer Nische standen verschämt ein verchromter Kleiderständer, an dem ein paar Jacken hingen, und ein kleines Tischchen mit Telefon und Anrufbeantworter. Ansonsten: nichts, was irgendwo rumlag! Wie urgemütlich erschien mir plötzlich mein kleiner, mit all den von Nicole geächteten Sachen zugestellter Korridor. Salz-und-Pfeffer-Mantel, du sollst bleiben!

Aus einer angelehnten Tür im hinteren Teil des Ganges drang das gedämpfte Wummern synthetischer Drums. Theo öffnete die Tür daneben. »Das ist Marcs Zimmer. Nicht gerade sehr geräumig, aber ich hoffe, es gefällt dir.«

Es war wirklich ziemlich klein, vielleicht zehn oder zwölf Quadratmeter, und es stand nicht viel drin: eine Schaumgummimatratze, auf der ein zusammengerollter Schlafsack lag, ein paar Bücher, Zeitschriften, ein Radiorekorder, einige übereinander gestellte Bananenkisten, ein Koffer mit Rädern unten dran, das war's im Großen und Ganzen. Kein Tisch, kein Stuhl – mir gefiel es!

Theo stellte meine Tasche neben den Koffer. »Marc ist Engländer«, sagte er. »Er studiert hier, aber im Augenblick sind Semesterferien, da ist er nach Hause gefahren.«

»Was studiert er denn?«

»Hab's vergessen. Er ist erst vor einem Monat hier eingezogen. Ende September kommt er zurück.«

Wir standen wieder im Flur. Theo wirkte irgendwie unruhig.

»Die anderen sind wohl schon im Bett?«, fragte ich und nickte in Richtung einer der geschlossenen Türen.

Theo lachte und guckte auf seine Uhr. »Zwei, da werden sie wohl im E-Werk sein.« Im Rhythmus der grummligen Bässe deutete er Bewegungen an, wie sie vorwiegend Leute machten, die sich ›Raver‹ nannten.

»Tanzen?«

»Wenn du Lust hast, kannst du mitkommen!«

Ich schüttelte den Kopf. »Ich glaube, ich hab nichts Passendes zum Anziehen dabei, außerdem bin ich todmüde.«

»Okay, dann alles Weitere morgen. Entschuldige, ich bin verabredet.«

Er zeigte mir noch Küche und Bad und zuletzt sein Zimmer, in dem die Möbel aus seiner alten Wohnung ein vertrautes Ensemble bildeten. Dann bot er mir einen Whisky an, machte die Musik aus und verabschiedete sich.

»War die Flurgestaltung eigentlich deine Idee?«, fragte ich noch, im Türrahmen lehnend und an dem Braungebrannten nippend.

Er winkte ab. »Das war Philip, der wohnt da drüben.« Er zeigte auf eine Tür neben dem Spiegel. »Er ist Innenarchitekt oder so was.«

»Das sieht man«, sagte ich und drehte den Dimmerschalter nach rechts. In Festbeleuchtung wirkte alles noch zwei Nummern steriler.

Theo zog seine Autoschlüssel aus der Jackentasche. »Also, wir sehen uns morgen!«

Geweckt wurde ich von einem dumpfen Rhythmus, der wie durch eine Wand aus Watte stereotyp und stetig auf mich einhämmerte. Ich zog mir den Schlafsack, den ich ausgebreitet hatte und als Decke benutzte, über den Kopf. Aber es half nichts. Bässe kamen überall durch! Das wusste ich aus Erfahrung. Ich hatte mir mal einen Gehörschutz besorgt, wie ihn Baggerfahrer und Presslufthämmerer benutzten, weil einer meiner Nachbarn nachmittags ungefähr zwanzig Mal hintereinander *Life is life* und ähnliche Scheußlichkeiten in Diskothekenlautstärke zu hören pflegte. Die Wirkung war jedoch nicht besonders zufrieden stellend gewesen. Zwar wurden das eunuchenhafte Gejaule und die geschrummelten C-Dur-Akkorde durch ein angenehmes Rauschen ersetzt. Aber die Bässe! Ich hatte den Eindruck, durch den Resonanzraum, den die gepolsterten Schalen um meine Ohren bildeten, wurden sie noch verstärkt. Gegen Bässe war kein Kraut gewachsen!

Es war halb elf, ich beschloss aufzustehen.

Die Musik kam aus dem Zimmer des Innenarchitekten. In Bad und Küche traf ich niemanden. Theo und seine Mitbewohner lagen vermutlich noch in ihren Betten und erholten sich von der vergangenen Nacht.

Ich sah mir den Kühlschrank von innen an: Milch, Frischkäse, Camembert, überhaupt jede Menge Milchprodukte, nur eine einzige verschämte Salami (die vermutlich Theo gehörte), ein Selters und ein paar Büchsen Energydrinks. Ich klappte die Tür wieder zu. Nein, ich wollte mir nicht gleich zu Beginn Feindschaften schaffen, indem ich einem vegetarisch durchs Leben ravenden WGler seinen Frühstücksjogurt weglöffelte.

In einer Seitenstraße fand ich einen Bäcker und ein kleines Lebensmittelgeschäft. Ich kaufte Weißbrot, Käse, Butter, Orangenmarmelade und Kaffee. Die Zeitung, die auf dem Verkaufstresen lag, hatte ich schon gestern gelesen.

Als ich wieder vor der Wohnungstür stand, fiel mir ein, dass ich noch keinen Schlüssel hatte. Ich klingelte und nach kurzer Zeit öffnete mir eine zerzauste, dunkelhaarige Fee in einem engen, pastellfarbenen Oberteil und ziemlich hoch abgeschnittenen Jeans. Ich war sprachlos, denn sie besaß die längsten Beine, die ich je dreidimensional gesehen hatte.

»Hallo«, sagte sie. »Ich bin Alissa, Freunde nennen mich Liss.«

»Liss!«, sagte ich. »Liss!«

»Und du bist sicher Henry, Theo hat schon von dir erzählt. Komm rein!«

Sie ging vor und ich genoss ihren Anblick von hinten. Aus dem Zimmer des Innenarchitekten kam noch immer Musik. Der Rhythmus passte zu ihrem Gang. In der Küche roch es bereits nach Kaffee.

»Schön«, sagte Liss, als ich meine Sachen auf den Küchentisch stellte. »Ich dachte schon, ich müsste alleine frühstücken!«

Schön, dachte ich – und: Du darfst dich jetzt nicht benehmen wie ein Idiot!

»In welchem Zimmer wohnst du eigentlich?«, fragte ich.

»Ich wohne nicht hier. Ich schlafe hin und wieder bei Theo.« Ihr Lächeln war nicht von dieser Welt. »Kaffee?«

Ich nickte und suchte nach einem Messer für das Brot.

Theo! Wie dieser Kerl es immer wieder verstand, solche himmlischen Wesen für sich zu begeistern, gehörte für mich zu den großen Geheimnissen dieser Welt. Er sah nicht gerade aus wie der junge Alain Delon: Geheimratsecken – die allerdings bei seiner neuen Frisur nicht besonders auffielen –, zu große Nase, zu große Hände, überhaupt war alles an ihm ein bisschen zu groß … Vielleicht war das eine Erklärung. Hannah hatte zu diesem Thema einmal gesagt: »Theo ist ein Künstler!« Und als ich sie daraufhin fragte, was ich dann in ihren Augen sei, sagte sie nur: »Du bist Henry.«

Liss plauderte ein bisschen über die Leute, die hier hausten. Außer Theo, der so etwas wie das Familienoberhaupt darzustellen schien, und Marc, in dessen Zimmer ich schlief, gab es noch besagten Philip, Designer und Innenarchitekt, der aber, abgesehen von der Gestaltung des Korridors, noch nie einen Auftrag bekommen hatte, Peter, seinen Lover, der daneben wohnte, und Konrad, Philosophiestudent und Rumhänger vom Dienst. Zwischen Peters und Philips Zimmer existierte eine Verbindungstür, die sie selbst eingebaut hatten und die mindestens einmal am Tag krachend zuflog.

»Sie sind alle ziemlich nett«, sagte Liss und biss in eine Weißbrotschnitte mit Marmelade.

Nur Männer! Und alle noch ziemlich jung. Theo war mit Abstand der Älteste. Irgendwie passte das nicht zusammen. Theo war nicht uneitel, aber vor Jüngeren den Erwachsenen spielen, das war nicht sein Niveau. Außerdem verkehrte er normalerweise vorwiegend mit Frauen. Wie alt Liss war, wollte ich lieber nicht wissen.

Plötzlich klappte eine Tür und fast gleichzeitig kreuzte eine schwarze Promenadenmischung in der Küche auf. »Ach ja, das ist Leo, der gehört zu Konrad. Morgen, Leo!«

Der Hund blieb auf der Schwelle stehen und wackelte mit den Ohren. Dann klappte eine zweite Tür, vermutlich die vom Badezimmer. Die abwartende Haltung des Hundes erinnerte mich an Andrzej, der auch eine Weile in der Tür stehen geblieben war, während er mich mit seiner Pistole bedroht hatte. Nach dem Frühstück musste ich unbedingt zu Hause anrufen, vielleicht auch bei Oeser – hören, ob Andrzej seine Aussage gemacht hatte.

Liss schnitt ein Stück Salami ab und hielt sie Leo hin. Der Hund kam mit wedelndem Schwanz angelaufen. Während er das Wurststück verspeiste, kraulte ihm Liss den Kopf. Beneidenswert!

Sein Herrchen hatte lange, schwarze Haare, trug ein ausgewaschenes, schwarzes T-Shirt und schwarz gefärbte 501er. Wenn er im Dunkeln mit seinem Hund spazieren ging, waren sie beide wahrscheinlich so gut wie unsichtbar.

»Hi!«, sagte er und holte aus einem der unteren Küchenschränke eine Büchse Hundefutter. Während er sie öffnete, saß Leo aufrecht neben ihm und fegte mit seinem Schwanz den Fußboden. Erst als der Hund versorgt war, kümmerte sich Konrad um sich selbst. »Absturz!«, nuschelte er und schüttete die halbe Flasche Selters, ohne abzusetzen, in sich rein. »Es war einfach mal viel zu viel.«

»Es ist immer viel zu viel«, kommentierte Liss, während Konrad schon wieder die Flasche am Hals hatte.

»Der Pillendreher war wohl großzügig«, sagte er mit einem leicht provozierenden Gesichtsausdruck, nachdem er ausgetrunken hatte. »Unsere beiden Turteltauben scheinen ja noch ganz happy zu sein.«

»Was macht die Meise, wenn's hagelt?«

»Traaaaance!« Er verdrehte die Augen und schaute verzückt zur Decke, dann sah er mich an, als ob nichts gewesen wäre. »Ich heiße Konrad.«

»Henry.«

»Du siehst wenigstens nicht aus wie diese ganzen zugeknallten Zombies, die hier normalerweise verkehren.«

»Direktheit ist seine Stärke«, erklärte Liss. »Deshalb lieben wir ihn auch alle.«

»Hmmmah!« Er gab ihr einen Kuss aus der Ferne.

Doch, eine Wohngemeinschaft in der Mitte der Neunziger, das hatte schon was.

Liss musste bald gehen, was ich wirklich bedauerte. Sie richtete mir von Theo aus, dass ich ihn im Laufe des Tages anrufen sollte, damit wir uns für den Abend verabreden konnten. Seine Telefonnummer, die sie mir diktierte, wollte kein Ende nehmen. »Unter der ist er immer zu erreichen.«

Er hatte mittlerweile also auch ein Mobiltelefon.

»Vielleicht sehn wir uns ja mal wieder«, sagte sie noch, bevor sie in der Tiefe des Flurs verschwand.

»Ich würde mich wirklich freuen!«, rief ich ihr hinterher.

Konrad war inzwischen hinter der *Frankfurter Allgemeinen* verschwunden. Er hatte sich nicht mal gezeigt, als Liss sich verabschiedete. Sein Hund lag neben ihm und blinzelte mich an. Die beiden anderen WG-Genossen ließen sich noch immer nicht sehen. Ihre Musik lief jedoch ohne Unterbrechung, als käme sie von einem Endlosband.

Ich stellte das schmutzige Geschirr in die Spülmaschine und trug das Telefon aus dem Flur in das kleine Zimmer, das ich vorübergehend bewohnte. Von Marcs Matratze aus rief ich zuerst bei mir zu Hause an. Niemand hob ab. Dann wählte ich die Nummer der Kriminalpolizei. Die Sekretärin war dran. Ich verlangte Oeser.

»Tut mir Leid, der Hauptkommissar ist im Augenblick nicht im Haus.« Und wann er wieder zurück sein werde, könne sie leider nicht sagen.

»Dann bitte Bönninghaus!«

»Tut mir Leid. Ich kann Sie aber mit Kommissar Röntsch verbinden.«

»Nein, danke!«

Unter der Gürtellinie

Mit Theo verabredete ich mich um einundzwanzig Uhr im *Hackbarth's*. Danach lag ich auf der Matratze und starrte an die Decke. Die Ungewissheit, ob Andrzej zur Polizei gegangen war oder nicht, machte mich ganz nervös. Hoffentlich kam er nicht wieder auf die blödsinnige Idee, den Helden zu spielen und etwas im Alleingang zu unternehmen, was vermutlich nicht mehr so glimpflich ausgehen würde wie die Aktion gestern Abend. Ich war froh, dass ich ihm seine Pistole und sein Messer abgenommen hatte. Trotzdem machte ich mir Vorwürfe. Ich hätte bei ihm bleiben sollen letzte Nacht. Ich wählte noch einmal meine Nummer und ließ es eine Zeit lang klingeln. Idiot! dachte ich, während mir das Freizeichen ins Ohr tutete. Verdammter Vollidiot! Und meinte uns beide: ihn, weil er in meiner Vorstellung schon wieder dabei war, irgendwelchen gefährlichen Unsinn zu machen, und mich, weil ich ihn sich selbst überlassen hatte, obwohl er gerade erst vom Tod seiner Schwester erfahren hatte; außerdem war noch immer sein Neffe verschwunden und ich hatte ihm eine Spur geliefert: Piontek-Pawel! Ich legte den Hörer auf.

Um mich abzulenken, nahm ich ein paar von den Büchern in die Hand, die auf dem Erdboden herumlagen. *Moon Palace* war dabei von Paul Auster und *Life after God* von Douglas Coupland. Marcs Musikkassetten hießen *Raving Society*, *Trance Machine*, *Voodoo Trance* oder so ähnlich. Ich legte eine davon ein. Zirka eine Minute Sphärenklänge, dann setzte ein Rhythmus ein, ähnlich dem, der schon den ganzen Vormittag aus Philips Zimmer drang. Techno ist nicht gerade meine Lieblingsmusik. Und dass deren Anhänger Wollmützen trugen, als gehörten sie zum Team von Jacques Cousteau, unaufhörlich Begriffe wie ›straight‹ und ›strange‹

in den Mund nahmen und sich einmal im Jahr halb nackt um Lkws herumhampelnd durch die Stadt bewegten – und das auch noch *Love Parade* nannten –, förderte nicht unbedingt mein Verständnis.

Ich drückte auf STOPP.

Kurze Zeit später saß ich in der Straßenbahn. Ich hatte es nicht mehr ausgehalten. Immer wieder dachte ich an Andrzej. Vielleicht ging er ja bloß nicht ans Telefon. Oder er war längst bei Oeser gewesen. Die Sekretärin konnte ich nicht fragen und Röntsch war ein Arschloch, das gerne in schmutziger Wäsche wühlte bzw. Boulevardblättern spekulative Auskünfte gab. Vielleicht machte ich mir völlig umsonst Sorgen und Andrzej saß längst im Zug nach Szczecin. Damit konnte ich jedoch mein schlechtes Gewissen kaum beruhigen. Viel wahrscheinlicher war, dass er irgendwo in dieser Stadt eine Spur verfolgte – die von Pawel-Piontek! Was hatte er gestern gesagt? »Ich weiß nicht, was ich werde tun.« Doch, ich war mir sicher, er wusste es ganz genau! Vor allem hatte er niemals die Absicht gehabt, zu Oeser zu gehen.

In meinem Briefkasten fand ich außer meinen Kontoauszügen die Werbesendung eines Bestattungsinstituts, in der mir neben den üblichen Bestattungsarten sowie der Erledigung aller Formalitäten ›Pietätsartikel‹ und ›Überurnen‹ angeboten wurden. Ich zerknüllte den Zettel. Ich bin nicht abergläubisch, aber irgendwie schien mir das kein besonders gutes Omen zu sein.

Die Wohnung war leer, wie ich es erwartet hatte. Keine Nachricht auf dem Küchentisch! Die Decke lag zusammengelegt auf der Luftmatratze. Ordentlich war er, das musste man ihm lassen. Auf dem Tisch standen nur unsere Gläser und die Sherryflasche von gestern Abend. Er hatte nichts gegessen. Im Kühlschrank war sowieso nicht mehr allzu viel gewesen. Ich stellte die beiden Whiskygläser ins Abwaschbecken und nahm einen Schluck aus der Flasche.

Danach ging es mir besser. Schluss jetzt mit diesen verdammten Selbstvorwürfen, dachte ich. Schließlich war ich nicht für ihn verantwortlich. Ich hatte ihm gesagt, was ich für richtig hielt, wenn er davon nichts wissen wollte, war das seine Sache.

Im Zimmer wäre ich beinahe über Brechts *Gesammelte Werke* gestolpert, die noch immer auf dem Fußboden verstreut lagen. Ich rief bei der Kripo an, Oeser und Bönninghaus waren wieder nicht da. Höchstwahrscheinlich, sagte die Sekretärin, kämen sie erst morgen wieder ins Büro. Es war fünfzehn Uhr.

Als ich die Tür zuzog, hörte ich plötzlich hinter mir ein Geräusch. Ich drehte mich um. Röntsch stand eine halbe Treppe höher, steckte seine Pistole zurück ins Halfter, strich seine Windjacke darüber und sah mich grinsend an. »Der Ort des Verbrechens besitzt eine magische Anziehungskraft, nicht wahr?«

Ich zog die Schultern hoch, obwohl ich das schon mal irgendwo gehört hatte, wahrscheinlich in einem Edgar-Wallace-Film aus den Sechzigern, mit Karin Baal und Joachim Fuchsberger.

»Doch, doch, glauben Sie mir, vor allem für diejenigen, die etwas mit dem Verbrechen zu tun haben.«

»Ich weiß, Sie halten mich für den Mörder. Das haben Sie ja bereits unmissverständlich der Journaille verklickert.«

Er war bestimmt nicht viel älter als ich, höchstens eins siebzig groß, trug Jeans und T-Shirt und war ein abschreckendes Beispiel für unvorteilhafte Körperverformung durch allabendlichen Biergenuss. Gemächlich kam er die Treppe herunter.

»Ich habe Ihre Aussage gelesen.« Er sprach langsam, als dächte er noch darüber nach, was er sagte. »Ist schon merkwürdig, dass sich niemand daran erinnern kann, Sie an dem bewussten Abend gesehen zu haben. Wir haben versucht, die beiden Taxifahrer ausfindig zu machen – bislang ohne Erfolg! Der Kellner im Domrestaurant kann sich auch nicht an Sie erinnern. Und was Ihre nette Begleiterin betrifft, mit der Sie den ganzen Abend zusammen gewesen sein wollen«, Er holte ein schwarzes Notizbuch aus der Tasche und blätterte darin. »Hannah Grimm! Wir konnten auch sie nicht finden. Ach ja, ist Ihnen inzwischen eigentlich der Name des ominösen Geschäftsmannes eingefallen, bei dem sie sich angeblich zurzeit aufhält?«

Er stand jetzt fast vor mir mit seinem Grinsen in Cinemascope. »Das ist wirklich sehr schade, würde uns eine Menge Arbeit ersparen. Diese Vergesslichkeit ... Geht es Ihrer Freundin mittlerweile besser? Die Ärmste war ja ganz außer sich, als sie davon erfuhr, dass Sie unter Mordverdacht stehen. Leider hat sie gar kein bisschen gehört, wie Sie in der Nacht nach Hause kamen. Sie müssen unheimlich leise gewesen sein. Schade, Schade.«

Als er anfing, von Nicole zu reden, wäre mir beinahe die Hand ausgerutscht. Ich weiß nicht, ob es sein Bulleninstinkt war, jedenfalls trat er im selben Moment einen Schritt zurück. So zog ich es vor, dieses unverschämte, mit einem Dreitagebart garnierte Pfannkuchengesicht auf dem Absatz stehen zu lassen und die Treppe runterzugehen. Natürlich kam er mir hinterher.

»Ach, Herr Palmer, was mich noch interessieren würde: Der alte Oeser hat Sie doch sicher gebeten, vorerst nicht Ihre Wohnung zu betreten – warum haben Sie sich nicht daran gehalten?«

Ich blieb stehen. Er konnte seinen schwabbeligen Wanst nicht so schnell anhalten, sodass wir um ein Haar zusammengestoßen wären.

»Ich brauchte dringend ein paar Sachen. Und jetzt lassen Sie mich in Ruhe!«

So leicht ließ sich Röntsch nicht abschütteln. »Kann ich verstehen, wirklich, man kann sich schließlich nicht jedes Mal neu einkleiden, wenn jemand umgebracht wird, nicht wahr? Das kann teuer werden. Aber so ein Siegel, ohne Bescheid zu sagen, einfach aufzubrechen, ich muss schon sagen …« Er hielt mich am Arm fest und kam so nahe, dass mir sein Körpergeruch in die Nase stieg. Breitbeinig stand er eine Stufe höher, unsere Köpfe waren ungefähr auf gleicher Ebene. »Wo haben Sie denn die Sachen aus Ihrer Wohnung? Ich …«

Es war ein Reflex! Er hätte mich wirklich nicht anfassen sollen! Mein rechtes Knie traf ihn dort, wo es am meisten wehtat. Wie ein nasser Sack plumpste er zu Boden und stöhnte. Ich lief einfach weiter die Treppe hinunter. Eine Tür wurde geöffnet.

»Palmer, das werden Sie bereuen!«, hörte ich Röntsch brüllen, kurz bevor ich das Haus verließ.

Neues aus der Zeitung

Ich wachte auf mit einem Kopf wie eine Konzerthalle, in der alle elf Streichquartette von Beethoven gleichzeitig gespielt wurden. So ging es mir meistens, wenn ich mit Theo am Abend zuvor durch diverse Kneipen gezogen war. Außerdem hatte ich mir schon am späten Nachmittag eine Flasche Whisky gekauft, um mich nach der Geschichte mit Röntsch wieder zu beruhigen. Als ich die WG verließ, fehlte ein Viertel.

Während ich im *Hackbarth's* auf Theo wartete, hatte ich zwei oder drei Doppelte getrunken. Später Bier. Ich brauchte eine ganze Menge, bis mich sein neues Aussehen nicht mehr irritierte. Ein paarmal redete er zwischendurch mit seinem Mobiltelefon, das, wenn er es nicht benutzte, seine Jacke ausbeulte wie ein Revolver. Als ich ihn fragte, was denn so wichtig sei, zuckte er nur mit den Schultern und sagte: »Das Übliche, du weißt doch.«

Immer wenn er grinste, wurden seine Nasenlöcher groß. Als ich ihm erzählte, weshalb ich bei ihm wohnen musste, grinste er nicht mehr. Sein Telefon ließ er in der Tasche, auch als es anfing zu piepen.

Mir tat es gut, über die Geschichte zu reden und nicht verhört zu werden. Erst bei der Treppenhausepisode mit Röntsch gab es wieder Nasenlöcher wie Tropfsteinhöhlen. »Und du hast dem Bullen tatsächlich in die Weichteile getreten?«

Dafür lud er mich ein.

Bumm, bumm, bumm ... hämmerte ein digitalisierter Drumcomputer auf meinen Schädel ein, in dem noch immer elf mal vier befrackte Herren Geigen, Bratschen und Celli bearbeiteten.

Es war Samstag, Regen schlug gegen die Fensterscheiben.

Das richtige Wetter, um im Bett zu bleiben. Ich stand auf. Ich brauchte eine Aspirintablette und jede Menge Wasser.

Die Wohnung lag noch im Dornröschenschlaf. Der monotone Rhythmus war offenbar der Herzschlag, der diese seltsame Gemeinschaft am Leben erhielt. Die Tabletten lagen dort, wo ich sie vermutet hatte: im Spiegelschrank über dem Waschbecken. Das Wasser trank ich direkt aus der Leitung.

Ich versuchte, mich zu erinnern, wo wir gestern noch überall gewesen waren. In einer kleinen Kneipe irgendwo in der Auguststraße, in der es nur Flaschenbier gab, im *Skales* ... Im *Delicious Doughnut* hatte mich Theo mit zwei oder drei von seinen Freundinnen bekannt gemacht. Wie hießen sie doch gleich? ... Jung waren sie wie Liss. Am Ende hatte Theo alles bezahlt. Auch das Taxi. Ich glaubte zumindest, dass wir mit einem Taxi nach Hause gekommen waren. Ganz sicher war ich mir nicht. Aber wie, wenn nicht mit einem Taxi?

Ich ging in das kleine Lebensmittelgeschäft, um mehrere Flaschen Mineralwasser und ein bisschen Brot und Aufschnitt für das Wochenende zu kaufen. Es war ziemlich voll. Der Laden machte in wenigen Minuten zu und offensichtlich war ich nicht der einzige notorische Schließzeiteneinkäufer in dieser Gegend. Die kleine grauhaarige Verkäuferin ließ sich davon aber nicht aus der Ruhe bringen. Um das Preisschild zu erkennen, musste sie die Ware ziemlich dicht vor ihre Brille führen, dann tippte sie mit zwei Zeigefingern die Zahlen ein. Das Geldrausgeben dauerte ungefähr nochmal so lange.

Während ich wartete, griff ich mir eine von den Zeitungen, die neben einem zylinderförmigen Glasbehälter mit bunten Lollies auf dem Verkaufstresen lagen.

Ich überblätterte die Titelseite mit der Überschrift: *MIELKES FRISEUR – MORDANKLAGE!* – und überflog den Politikteil, in dem nicht viel mehr stand, als man auch in fünf Minuten Rundfunknachrichten erfahren konnte, selbst wenn man nebenbei Kartoffeln schälte und sich mit irgendwem über Kochrezepte oder den Gödel'schen Unvollständigkeitssatz unterhielt. Feuilleton ... Weiter! Ich ertappte mich dabei, dass ich nicht nur einfach ein bisschen rumblätterte, sondern gezielt nach irgendetwas suchte. Vielleicht hatte mein Freund Röntsch ja mal wieder ein Interview gegeben ...

Nein, hatte er nicht! Dafür gab es einen Artikel, in dem davon die Rede war, dass gestern Nachmittag im Bezirk Neukölln ein junger Pole namens Andrzej P. »am helllichten Tag und auf offener Straße« mit mehreren Messerstichen lebensgefährlich verletzt worden war. Der oder die Täter konnten unerkannt entkommen. Vermutungen über eventuelle Zusammenhänge mit dem Mord an der polnischen Frau im Bezirk Friedrichshain wurden angestellt, um schließlich in guter alter Revolverpressemanier die Frage zu stellen: *Tobt in Berlin ein Krieg der Polenmafia?* – und damit jedem Leser, der stolz darauf war, Steuern zu zahlen und deutsch zu sein, ein praktikables Feindbild gratis mitzuliefern.

Aber darüber dachte ich im Augenblick nicht nach. Vielmehr starrte ich auf das Foto, das mehrere Sanitäter zeigte, die eine Trage in einen Krankenwagen hievten. Einer stand an der Seite und hielt einen Tropf in der Hand. Von dem Verletzten sah man nur ein Stück von den Beinen. Im Hintergrund tummelten sich ein paar Schaulustige vor einer Eckkneipe.

»Sie sind dran, junger Mann!«, unterbrach mich die Stimme der Verkäuferin. Als ich meinen Korb auf den Verkaufstresen stellte, merkte ich, dass ich zitterte. Verdammter Idiot! dachte ich. Verdammter Vollidiot!

Die Verkäuferin hörte auf zu tippen und sah mich durch ihre schussfesten Brillengläser mit großen Augen an. Offensichtlich hatte ich in meiner Erregung nicht nur in Gedanken geflucht. Ich machte eine hilflose Geste, die bedeuten sollte, dass es keineswegs meine Absicht gewesen wäre, einen der Anwesenden durch grobe Flüche zu beleidigen. Ein Missverständnis, tut mir Leid! Sie nickte skeptisch, dann tippte sie weiter. Wahrscheinlich hielt sie mich für verrückt. Hinter mir standen Leute. Umdrehen wollte ich mich lieber nicht.

»Die Zeitung auch?«

Ich hielt sie noch immer in den Händen.

Danach dachte ich nicht mehr daran zu frühstücken. Ich stellte die Einkaufsbeutel in die Küche und legte mich mit der Zeitung auf Marcs Matratze. Mein Herz schlug schneller als der Rhythmus, der aus Philips Zimmer kam.

Redaktionsschluss war gestern Abend, es konnte also durchaus sein, dass Andrzej schon nicht mehr am Leben war. In dem Artikel stand nicht, in welches Krankenhaus sie ihn gebracht hatten. Das herauszufinden konnte allerdings nicht allzu schwer sein.

Ich holte mir das Telefon samt Telefonbuch I–Q – Letzteres hatte ich auf einem Regal in der Küche entdeckt – und fing an, die größten Krankenhäuser der Stadt nacheinander anzurufen.

Nach fünf Minuten hatte ich ihn gefunden. Er lag in der Charité. Ich gab mich als Kommissar Röntsch, Kripo Berlin, aus.

Ja, sein Zustand habe sich etwas stabilisiert, sagte die Schwester am anderen Ende der Leitung. Aber auf gar keinen Fall könne er schon vernommen werden.

Zum letzten Mal hatte ich geheult, als John Lennon erschossen worden war. Da war ich fünfzehn. Jetzt kamen mir die Tränen, weil jemand, den ich kaum kannte, nochmal davongekommen war. Oder warum?

Später sah ich mir wieder das Foto in der Zeitung an. Aber ich konnte niemanden darauf erkennen: Unbeteiligte, die dankbar waren für jede Abwechslung. Ein Jugendlicher mit Baseballmütze, ungefähr so alt wie Andrzej, grinste und hielt etwas in der Hand, das aussah wie ein Döner-Kebab. Das Schild der Kneipe im Hintergrund wurde größtenteils von einem herumrennenden Rettungsdienstler und dem Krankenwagen verdeckt. Außer der üblichen Schultheiss-Werbung waren nur die Buchstaben *s Bie* zu sehen. Damit war nicht viel anzufangen. Zwar musste man nicht über eine besonders ausgeprägte Kombinationsgabe verfügen, um zu dem Schluss zu kommen, dass mit ziemlicher Wahrscheinlichkeit dem letzten Buchstaben ein *r* folgen würde. Aber was war damit schon gewonnen? Es konnte immer noch alles Mögliche heißen. ›Bestes Bier‹. – Nein! Aber ›Kalles Biereck‹ zum Beispiel. Oder ›Helgas Bierschwemme‹. Es gab bestimmt tausend Kneipen in Berlin, die so oder ähnlich hießen. Ich ließ es sein und beschloss, etwas zu essen. Nach der Heulerei fing mein Magen an zu knurren.

Bumm, bumm, bumm … kamen die Bässe jetzt aus der Küche.

»Weißt du, wer die Marmelade gekauft hat, Phil?«, fragte jemand.

»Ich«, sagte ich und zwei verdutzte Gesichter sahen mich an. »Ich bin Henry. Ich wohne seit vorgestern in Marcs Zimmer.«

»Henry, hi! Wir haben schon von dir gehört.«

»Ich von euch auch.« Ich zeigte auf den Gettoblaster, der neben der Kaffeemaschine stand. Sie schienen aber nicht zu verstehen.

»Ich bin Phil«, sagte der größere von beiden. Er hatte Ringe in beiden Ohren und an mehreren Fingern. Seine Haare waren kurz und blond gefärbt. »Und das ist Peter.« Er sagte ›Pieter‹.

»Hi«, sagte Peter, der etwas sparsamer beringt, aber ebenfalls blondiert war. Er hielt noch immer das Glas Orangenmarmelade in den Händen.

Ich kam mir vor wie in der deutschen Synchronfassung

einer amerikanischen Comedy-Serie. »Hallo, Peter.« Ich sagte Peter und wartete auf das Publikumslachen.

Niemand lachte. Dafür klingelte es. Ich hörte es ganz deutlich. Ein feines, metallenes Klingeln. Der Groschen war gefallen. »Peters Bierbar!«, rief ich und zum zweiten Mal an diesem jungen Tag hielt man mich für verrückt. Ich konnte es ihren Gesichtern ansehen. *Peter(s Bie)rbar!*

»Entschuldigung«, sagte ich, schnappte mir das Telefonbuch A–H und ging aus der Küche.

»Sag mal, kann ich ein bisschen von deiner Orangenmarmelade …«, rief Peter mir noch hinterher.

»Ja, ja.«

Unter ›Gaststätten‹ standen *Peters Bierstuben* und *Peters Marktschenke,* aber nur eine einzige hieß *Peters Bierbar,* und obwohl ich die Adresse nicht kannte, wollte ich wetten, dass sie sich in Neukölln befand. Ich versuchte mich zu erinnern, was auf der Streichholzschachtel stand, die mir Agnes und die ich Andrzej gegeben hatte.

Hermannplatz, richtig, »ein paar Minuten vom U-Bahnhof Hermannplatz«!

Ich wählte einfach die Nummer. Es klingelte eine Weile, bis jemand abhob.

»Ja, Bierbar«, sagte eine heisere Männerstimme.

»Peters Bierbar?«

»Sag ick doch. Wat is denn?«

»Ein paar Minuten vom Hermannplatz?«

»Jenau.«

»Besten Dank.«

Ich legte auf und betrachtete das Foto in der Zeitung, die noch immer aufgeschlagen auf dem Fußboden lag. Äußerlich gab es nichts Außergewöhnliches. Soweit ich erkennen konnte, war *Peters Bierbar* eine ganz normale Eckkneipe, wie es sie in Berlin zu tausenden gibt, so normal, dass jemand wie ich – obwohl ich mich keineswegs für unnormal hielt – normalerweise einen großen Bogen darum gemacht hätte.

Mit der Berliner Eckkneipennormalität hatte es so seine eigene Bewandtnis. Jemand, der nicht notorisch *mir* und *mich* bzw. *wie* und *als* verwechselte, keinen Schnauzer unter der Nase züchtete und *Kindl* oder *Schultheiss* nicht zu seinen Lieblingsbieren zählte, galt unter Berliner Eckkneipennormalen nicht als normal und war somit zum Anpöbeln – eine Lieblingsbeschäftigung des hiesigen öffentlich Bier trinkenden Normalos – freigegeben. Einmal hätte ich mir in einer Berliner Eckkneipe (die zwar nicht an einer Ecke war, aber trotzdem zu jener Kategorie zählte) fast eine Tracht Prügel zugezogen, weil ich mich weigerte, auf die Frage nach dem kommenden Fußballmeister mit einem lautstarken Ha-Ho-He-Hertha-BSC-Gegröle zu antworten.

Jedenfalls musste es in *Peters Bierbar* etwas geben, das alles andere als normal war. Zwei polnischen Gästen war der Besuch des Lokals außerordentlich schlecht bekommen. Berliner Eckkneipennormale trugen in der Regel zwar keine Ich-bin-ein-Ausländer-Plaketten an der Nappalederjacke, aber sie pöbelten nur und schlugen allenfalls mal zu. Mord und Messerstecherei jedoch vertrugen sich nicht mit ihrem Verständnis von Gemütlichkeit. Es musste also etwas anderes dahinter stecken.

Ich erinnerte mich daran, wie Andrzej die Aufschrift gelesen und danach die Schachtel in seiner Tasche hatte verschwinden lassen. Ich fand damals nichts Auffälliges daran, schließlich hatte ich ihm gesagt, sie sei von seiner Schwester. Warum hatte *ich* die Schachtel eigentlich eingesteckt und sie nicht Agnes zurückgegeben, nachdem ich mir im Taxi die Zigarette hatte anzünden wollen? Gewisse Zeichen, Vorahnungen? Moment! Auch wenn hier vieles nicht gerade nach Zufall aussah, war das noch lange kein Grund, paranoid zu werden.

Ich hatte jetzt eine Stelle, wo ich anfangen konnte. Ich dachte: Endlich!, und nicht: Was geht der Kram dich eigentlich an, bist du Sam Spade, oder was? Nicht erst seit der

Begegnung mit Röntsch war mir klar, dass der Kram mich sehr wohl etwas anging. Immer noch! Ich konnte die Wohnung wechseln und so viel saufen, wie ich wollte, die Geschichte holte mich immer wieder ein. Am nächsten Morgen stand in der Zeitung, wie sie weitergegangen war. Wenn ich morgens also wieder in aller Ruhe den Blätterwald durchforsten wollte, musste ich etwas dafür tun. Darüber hinaus fühlte ich mich Andrzej gegenüber verpflichtet. Ich konnte mich rechtfertigen, so viel ich wollte, es blieb immer noch etwas übrig von dem Gefühl, nicht ganz unschuldig zu sein an dem, was mit ihm passiert war. Ich hätte mich eben besser um ihn kümmern müssen. Er war jung und hatte viel einzustecken, viel mehr als ich.

Eigentlich wäre es meine Pflicht gewesen, Oeser anzurufen, aber mein Pflichtbewusstsein gegenüber staatlichen Organen war von jeher nicht besonders ausgeprägt. Außerdem verlangte die Angelegenheit eine äußerst behutsame Vorgehensweise. Man konnte nicht einfach in das Lokal poltern, die Dienstmarke auf den Tresen knallen und die üblichen Fragen runterleiern. Und Oeser oder Bönninghaus undercover konnte ich mir beim besten Willen nicht vorstellen. Von Röntsch ganz zu schweigen!

Ich selbst kam für den Job allerdings auch nicht infrage. Mein Bild war in der Zeitung gewesen und ich konnte wohl davon ausgehen, dass die Leute, die mit der Sache etwas zu tun hatten, es kannten.

Theo saß aufrecht im Bett. Ein blondes Mädchen, das nur einen Slip anhatte, stand mitten im Zimmer. Ich erkannte sie wieder. Es war eine von den Freundinnen, die mir Theo letzte Nacht vorgestellt hatte. An ihren Namen konnte ich mich allerdings nicht mehr erinnern.

»Oh, Pardon!«, sagte ich und wollte die Tür gleich wieder zuziehen.

Aber Theo rief: »Hallo, Henry, komm doch rein!« Er

zeigte auf seine Freundin, die mit nackten Füßen seinen Orientteppich abtastete, als suchte sie nach etwas, das in dem dicken, zu Rankenornamenten geknüpften Gewebe verschwunden war. »Ihr kennt euch ja bereits.« Sie hatte kleine, spitze Brüste und es schien ihr kein bisschen auszumachen, dass ich sie sah.

»Ich wollte eigentlich mit dir reden. Es hat mit der Geschichte zu tun, von der ich dir gestern erzählt habe«, sagte ich.

»Die Leiche im Bett. Okay, gib mir fünf Minuten!«

Seine Freundin bückte sich und hob etwas auf: eine kleine rosa Pille. Sie schluckte sie gleich, danach trank sie ein halbes Glas Wasser. Vielleicht gastierten die Streichervirtuosen jetzt in ihrem Kopf mit dem Soundtrack zu Dantes Inferno.

Rosa Kopfschmerztabletten, dachte ich, das wäre etwas Neues.

Eine halbe Stunde später kam Theo zu mir ins Zimmer. Ich zeigte ihm den Zeitungsartikel und erzählte von *Peters Bierbar*. »… das heißt, jemand müsste herausbekommen, was mit dem Laden nicht stimmt«, sagte ich.

»Klingt ja richtig spannend.« Er zupfte an seinem Kinnbart.

»Jemand, den keiner dort kennen kann.« Ich sah ihm fest in die Augen. »Ich habe dir doch erzählt, dass mein Bild in der Zeitung war.«

»Ach so, verstehe, du dachtest an mich, weil …«

»Ich wüsste niemanden sonst, den ich fragen könnte.«

Einen Augenblick starrte er stumm auf das Bild in der Zeitung, dann legte er ein paar Lachfalten auf und vergrößerte die Tore zu seinem Riechorgan. »Wann soll's denn losgehen?«

Ich boxte ihm gegen den Brustkorb. »Wie wär's mit heute Abend? Samstags ist die Kneipe sicher am vollsten, da fällst du nicht so auf.«

»Also gut. Ich werde zwar eine halbe Stunde telefonieren müssen, aber was soll's, ist ja für einen guten Zweck.« Er hatte schon die Türklinke in der Hand.

»Es gibt noch ein Problem«, sagte ich vorsichtig, ohne ihn anzusehen. »Du musst dich rasieren und normale Sachen anziehen, am besten die, die du früher immer anhattest. Außerdem muss der Ohrring raus. Wenn du so da reingehst, bist du der Star des Abends. Es ist aber wichtig, dass du unauffällig bleibst ...«

Theo trat zum Fenster und schwieg. Draußen regnete es noch immer. Tropfen liefen die Scheiben herunter. Ab und zu grollten Donner in der Ferne. Ich weiß nicht, wie lange er so dastand – eine Minute oder zwei. Ich wollte etwas sagen, als er sich plötzlich umdrehte und ich sehen konnte, dass er schon wieder griente. »Sieht sowieso ziemlich affig aus – oder?«

»Ooch«, sagte ich. »Nur ein bisschen ungewohnt.«

Eine halbe Stunde später sah Theo wieder aus wie Theo: Holzfällerhemd, zerknittertes Leinensakko, Jeans. Ohrring, Kinnbart und Koteletten hatte er abgenommen. Nur die Haare waren noch etwas kürzer als gewohnt.

»Na, zufrieden?«, fragte er, während er sich selbst im Korridorspiegel betrachtete.

Ich war es. Das Neonröhrengesicht in seinem Rücken strahlte. Philip und Peter, die gerade aus ihren Zimmern kamen, zeigten sich ebenfalls begeistert: »Geil, und dazu noch 'n flotter Pullunder mit Norwegermuster ...« Nur Theos Freundin sagte nichts, sondern verließ die Wohnung.

Meeresfrüchte und Marcs Matratze

Am Nachmittag stieg ich Unter den Linden in den 157er-Bus in Richtung Storkower Straße. Ich dachte daran, Nicole zu besuchen, aber ich wusste noch nicht, ob das eine gute Idee war. Es hatte aufgehört zu regnen, die Stadt roch frisch verputzt und schimmelig zugleich. Wenn ich es mir anders überlegte, konnte ich im Friedrichshain ein bisschen spazieren gehen, im *al dente* Makkaroni mit Schinken essen, einen Espresso trinken, Zeitung lesen et cetera. In Marcs Zimmer war mir die Decke auf den Kopf gefallen. Philips Musik ging mir auf die Nerven. Außerdem hatten Konrad und Leo Besuch bekommen: zwei Hundehalter mit ihren Lieblingen. Während die Köter im Korridor herumtollten – worüber sich wiederum Philip aufregte, der seine Raumgestaltung gefährdet sah –, saßen ihre Herrchen in Konrads Zimmer und tranken Bier. Theo war zur Universität gefahren. Wir hatten uns für null Uhr in einem Café verabredet.

Der Busfahrer war ein Ausländer. Sein dunkles Haar wurde schon grau an den Schläfen. Ich holte mein Portmonee heraus, in dem der Fünfziger steckte, den ich zuvor vom Geldautomaten geholt hatte. Als der Fahrer den Schein sah, schüttelte er energisch den Kopf und fragte fast ohne Akzent: »Sind Sie schon mal mit einem Fünfzigmarkschein in einen Bus eingestiegen?«

»Wieso?«, fragte ich überrascht. Ich hatte wirklich keine Ahnung, worauf er hinauswollte.

Er musterte den Schein, als ob es sich um bolivianische Pesos oder Balboas handelte, dann betrachtete er mich, als wäre ich direkt aus den Büschen Boliviens oder Panamas zu ihm in den Bus gestiegen, und zeigte schließlich auf seinen Fahrscheinautomaten, der aussah, als hätte er ihn aus einem der Oldtimerbusse ausgebaut, mit denen Touristen sich gern durch die Stadt karren ließen. »Ich habe nur zwanzig Mark Wechselgeld«, sagte er mit einem resignierenden Lächeln über so viel Weltfremdheit.

»Wieso haben Sie nur so wenig Geld zum Wechseln?« Ich war völlig verblüfft, dass jemand seine offensichtlich schlampige Dienstvorbereitung mir zum Vorwurf machte.

»Wieso haben Sie nur fünfzig Mark?«, fragte er schon etwas wütend zurück.

»Weil ich keine Fahrkarten verkaufe und dementsprechend auch kein Wechselgeld bereithalten muss.« Das war logisch, fand ich.

Der Fahrer glaubte jedoch, sich dieser Logik widersetzen zu können, indem er abwinkte und mir befahl, wieder auszusteigen.

Ich hielt den Schein hoch und fragte in den Bus hinein, ob jemand wechseln könne. Zwei Insassen schüttelten zaghaft den Kopf, der Rest interessierte sich besonders für die Sehenswürdigkeiten am Straßenrand.

Während ich vor der Staatsoper stand und dem abfahrenden Bus hinterherblickte, fing es wieder an zu regnen. Ich schlug den Kragen hoch und machte mich auf den Weg zur Straßenbahnhaltestelle am Hackeschen Markt. Als ich dort ankam, war ich völlig durchnässt. Es gab jetzt zwei Möglichkeiten: Entweder ich fuhr wieder zurück zu der WG, um meine Sachen zu wechseln, oder zu Nicole – dort mussten noch ein Paar Socken und ein T-Shirt von mir liegen. Ich entschied mich für letztere.

Nicole sah mich an wie der Busfahrer meinen Geldschein. »Du?«, fragte sie und es klang nicht gerade so, als ob für sie ein Wunsch in Erfüllung gegangen wäre.

»Hast du jemand anders erwartet?«

»Ich? ... Ja, ich meine ...« Sie kam ins Stottern und ihr Blick wanderte hin und her. Ich hatte sie immer besonders reizvoll gefunden, wenn sie unsicher war. Leider war das in letzter Zeit nicht allzu häufig vorgekommen. Wie sie jetzt in der Tür stand, in ihrem olivgrünen Kleid, das weit oberhalb der Knie endete, sah sie jedoch ziemlich sexy aus. Ihre Haare hatte sie frisch geschnitten und die Lippen mit einem knalligen Rot bemalt. Normalerweise schminkte sie sich nie, wenn sie zu Hause war.

»Willst du weggehen?«, fragte ich.

»Nein.« Sie blickte nach unten, wo sie mit der rechten Fußspitze einen Kreis beschrieb. In ihrem Zimmer lief die CD von den Violent Femmes, die ich ihr vor kurzem geschenkt hatte. »Der Zeitpunkt ist nicht besonders günstig, Henry. Es ist besser, wenn du wieder gehst.«

»Ich dachte nur, ich könnte dir erklären ...«

Es klingelte und sie drückte auf den Türöffner.

»Du kriegst Besuch?! Okay, ich bin gleich wieder weg. Ich will mir nur ein paar trockene Sachen anziehen.«

»Bitte, Henry, es ist wirklich nicht günstig jetzt.«

»Willst du, dass ich mir den Tod hole?« Ich nieste so laut, dass es im ganzen Treppenhaus schallte.

»Gesundheit!«, sagte der junge Mann, der die Treppe heraufkam. Er war Anfang zwanzig und sah aus, als hätte mediterranes Klima seinen Stammbaum geformt. Wenn soeben mein Konkurrent die Bühne betreten hatte, war es höchste Zeit für mich abzugehen. In den Händen hielt er einen Korb, der mit einem Handtuch zugedeckt war.

Nicole vermied es, mich anzusehen. Als der fremde Mann oben war, lupfte er die Decke und zog zwei Pizzakartons hervor.

»Eine *Bello e Sergio* mit Peperoni und eine *Frutti di Mare*, macht zusammen dreiundzwanzig Mark fünfzig.« Er gab Nicole die Kartons und nahm ihr gleichzeitig das Geld ab. »Guten Appetit.« Schon rannte er mit seinem Korb wieder die Treppe hinunter.

»Henry!«, sagte Nicole, die Kartons in den Händen. Sie aß gern scharf und hasste Meeresfrüchte.

»Lasst es euch schmecken!«, sagte ich. »Die werden sonst kalt.«

Obwohl ich mir vorgenommen hatte, nach der gestrigen Nacht etwas kürzer zu treten, saß ich schon bei meinem dritten Grappa und es war noch nicht einmal 17 Uhr. Vor mir stand ein Teller mit kalt gewordenen Makkaroni, in denen ich lustlos herumstocherte. Vor allem knabberte ich jedoch an so sinnlosen Fragen wie: Wer war der Meeresfrüchtepizzaesser? Was passierte in Nicoles Wohnung? Suchte sie nur Ablenkung oder war's das?

Fragen, die schwer im Magen lagen. Ich gab der Kellnerin ein Zeichen, dass sie den Teller abräumen konnte. Meine Klamotten waren inzwischen getrocknet. Ich musste einen Plan machen, damit ich nicht bis Mitternacht vor mich hin brütete und einen Grappa nach dem anderen kippte.

In Theos Wohngemeinschaftswohnung war es erstaunlich ruhig. Kein Technogewummer, kein Hundegebell. Das konnte nichts anderes bedeuten, als dass niemand da war. Die rote Kontrolllampe des Anrufbeantworters blinkte einsam vor sich hin. Ich legte mich auf Marcs Matratze und machte die Augen zu. Der Alkohol wirbelte in meinem Kopf alles durcheinander. Ich dachte an Theos Undercovermission heute Abend. Im nächsten Augenblick stand ich vor Nicoles Tür. Röntsch brüllte im Hausflur: »Palmer, das werden Sie bereuen!« Liss hatte sich über mich gebeugt wie Agnes auf dem Gendarmenmarkt. Ihr Parfüm kannte ich, Nicole benutzte dasselbe.

»Henry«, sagte sie und rüttelte mich leicht an der Schulter. »Endlich! Ich hatte schon Angst, du wachst gar nicht mehr auf.«

»Wie spät ist es?«, murmelte ich. Draußen war es dunkel.

Sie hielt ihre Armbanduhr in den Lichtschein, der durch die offene Tür aus dem Korridor ins Zimmer fiel. »Kurz nach zehn.«

»Morgens oder abends?«

Sie lächelte. »Dich muss es ja ganz schön erwischt haben.«

Ich war noch immer halb benommen. Im Mund hatte ich einen säuerlich-bitteren Geschmack.

»Weißt du, wo Theo ist?«, fragte sie. »Er geht nicht ans Telefon.«

»Keine Ahnung«, log ich. »Hast du's mal in der Universität versucht?«

Sie setzte sich auf die Matratze, die Ellenbogen auf die Oberschenkel gestützt, und legte die Stirn in beide Hände. »Heute geht alles schief«, sagte sie und es klang, als wäre sie ziemlich erschöpft.

Ich richtete mich auf und saß direkt hinter ihr. Sie trug ein elastisches T-Shirt, das die Konturen ihres schmalen Körpers betonte. Das Licht aus dem Flur fiel auf ihren Nacken. Zuerst reagierte sie gar nicht, als ich sie berührte. Ihr widerspenstiges, schwarzes Haar war nach vorn gefallen und bedeckte ihre Hände und ihr Gesicht. Ich küsste sie über dem Halswirbel, der durch ihre gebeugte Haltung besonders hervorgetreten war. Wahrscheinlich war ich noch zu verschlafen, um darüber nachzudenken, dass wir uns eigentlich gar nicht kannten und was in ihr vorging im Moment. Als ich jedoch mit den Fingern über ihr Brustbein fuhr, in ihr Ohrläppchen biss und sie sich immer noch nicht regte, wurden langsam auch meine Hemmungen wach. Ich dachte jedoch nicht daran, aufzuhören und mich in meine Verlegenheit zurückzuziehen wie nach einem misslungenen Scherz. Ich wollte ihrem Körper eine Reaktion entlocken, auch wenn sie abweisend war. Während ich weiter ihren Nacken und ihre Schultern küsste, öffnete ich ihre Gürtelschnalle und den obersten Knopf ihrer Jeans. Langsam fuhr ich mit beiden Händen unter ihr T-Shirt. Ihre Haut fühlte sich kühl an und ihre Hüften waren so schmal. Plötzlich umfasste sie meine Gelenke und führte meine Hände zu ihren Brüsten. Dann strich sie ihr Haar zurück, dass es wie ein Vorhang über meinen Kopf fiel, und stieß sich mit beiden Beinen vom Fußboden ab. Ich kippte nach hinten und sie lag mit ihrem Rücken auf mir. Ich hielt noch immer ihre Brüste in den Händen. Wir lachten und fielen übereinander her wie verrückte Raubtiere.

»Deine Haare gefallen mir«, sagte Liss und strich mit ihrer Hand über meine Brust. »Ich hatte noch nie einen Mann mit so vielen Haaren.«

Stimmt, dachte ich, Theo ist ganz glatt und die Jungs in ihrem Alter wohl auch. Ich befreite mich aus der Umklammerung ihrer endlos langen Beine. »Wie bist du eigentlich hier reingekommen, direkt vom Himmel?«

»Konrad«, sagte sie. »Er wusste auch nicht, wo Theo ist.«

Das war das Stichwort. Ich sah auf ihre Uhr. »Übrigens, ich bin in einer halben Stunde mit ihm verabredet. Wenn du willst, kannst du mitkommen.«

»Ich bin auch verabredet«, sagte sie und kroch in ihr T-Shirt. »Sag ihm, er trifft mich im *Bunker* oder ab drei im *E-Werk*. Ich muss jetzt los.« Ihre Haare waren völlig zerzaust. Sie sah wunderschön aus.

»Willst du dich nicht wenigstens kämmen und wie wär's mit einem Kuss?«

Sie knöpfte ihre Jeans zu, beugte sich zu mir herunter und küsste mich. Mit dem, was gerade auf Marcs Matratze passiert war, hatte das nicht mehr viel zu tun. Ich hielt sie fest.

»Henry«, sagte sie leicht genervt.

»Wie wär's, wenn *ich* heute Nacht in den *Bunker* oder das *E-Werk* käme?«

»Wenn du willst.«

»Was ist eigentlich los mit dir?«

»Was soll los sein?«

»Ich hab keine Ahnung ...«

Sie streifte meine Hände ab und sah mich an. »*Du* hast damit angefangen und es hat Spaß gemacht. Okay?! Aber das war nicht unsere Hochzeitsnacht, Henry, wir haben uns nichts versprochen.« Sie gab mir noch einen Kuss, einen richtigen, der schon ein bisschen wie ein Versprechen war, dann verließ sie das Zimmer.

Verwirrt zog ich mich an.

Theos Theken-Rapport

Ich sah Theo schon von draußen. Das Café war ziemlich voll, er saß seelenruhig in einer Ecke und telefonierte. Ich fand, das Mobiltelefon passte nicht mehr zu seinem neuen, alten Outfit. Doch darum – und was die Leute in einem Szenelokal wie diesem von Handybesitzern dachten – kümmerte er sich einen Scheißdreck.

»Zweihundert bis morgen«, hörte ich ihn sagen. Als ich mich zu ihm setzte, beendete er das Gespräch.

»Und?«, fragte ich.

Er grinste sein Theogrinsen – »Ein Bier?« – und rief den Namen der Kellnerin. Als sie zu ihm sah, zeigte er ihr die Außenseite seiner rechten Hand, Mittel- und Zeigefinger abgespreizt wie ein umgedrehtes Victory-Zeichen.

»Erzähl schon«, drängte ich ihn.

»Immer mit der Ruhe.« Das Bier kam sofort. »Prost!«, sagte er und nahm einen Schluck, dann lehnte er sich zurück und zündete sich eine Zigarette an. Er hatte offensichtlich Spaß daran, mich ein bisschen auf die Folter zu spannen. Theo war nicht jemand, der mit leeren Versprechungen hausierte. Es musste also etwas zu erzählen geben.

»Der Laden sieht aus, wie du es dir vorgestellt hast«, fing er endlich an. »Rustikal, verkitscht, mit gelben Gardinen. Dujardin, Schultheiss – Prolomilieu. *100,6* im Radio. Der Wirt: Bierbauch, Platte, Goldkettchen mit Sternzeichenanhänger – er ist Krebs! Stammgäste nennen ihn Peda. Es gibt auch eine Kellnerin, eine etwa vierzigjährige Polin, die nicht besonders gut Deutsch spricht und sich von den Gästen allerlei gefallen lassen muss.«

»Eine Polin! Hat er was mit ihr?«

»Unwahrscheinlich.« Theo gab mir ein Zeichen, dass ich mich noch etwas zurückhalten sollte mit meinen Fragen.

»Also, ich setzte mich an den Tresen und bestellte ein Bier. Das Lokal war nicht besonders gut besucht, aber nach und nach füllte es sich. Peter bekam immer mehr zu tun. Ansonsten passierte herzlich wenig. Neben mir schwärmte ein Hobbyangler vom Zanderfangen mit seiner neuen Wurfrute. Ein potenzieller Wähler der Autofahrerpartei jammerte darüber, dass er für ein lumpiges Paar Stoßdämpfer tausendzweihundert Mark hinblättern musste, um sich gleich darauf über Benzinpreise, Parkgebühren und Dauerstaus zu echauffieren. Das übliche Gelaber eben. Kein Mensch sah aus wie der Pole, den du mir beschrieben hast. Überhaupt gab es nichts Außergewöhnliches in dem Laden. Nach anderthalb Stunden hatte ich die Schnauze voll. Weißt du, wie lang anderthalb Stunden sein können?«

Ich wusste es, schließlich hatte ich Lessing-, Klopstock- und Fontane-Seminare besucht – wenn auch nicht allzu oft.

»Ich wollte gerade bezahlen und dachte: Danke, Henry, für den gelungenen Abend! –, als ein rotblonder, hoch gewachsener Mittvierziger mit Schnurrbart in die Kneipe kam und direkt auf den Zapfhahn zusteuerte, wo Peter an seinen Schaumkronen arbeitete. ›Peda, ick muss dir unbedingt sprechen!‹ Ich konnte sehen, wie der korpulente Kneipier zusammenzuckte, wobei er etwas von seinem Bier verschüttete, was sicher nicht allzu häufig passiert. Er unterbrach sofort seine Arbeit und ging mit dem aufgeregten Rotschopf in eine Ecke, wo er gedämpft auf ihn einredete. Ich konnte jedoch nicht allzu viel verstehen. Peter war bemüht, seinen Gesprächspartner zu beruhigen und zum Leisesprechen zu animieren. Das Einzige, was ich hörte, war, wie unser Freund etwas von ›Schwierigkeiten‹ und ›Verständnis haben‹ zischelte, woraufhin der Feuermelder losrasselte: ›Ick hab ja wirklich viel Verständnis, Peda, aber wie lange soll ick denn noch warten?‹ – ›Psch, Psch!‹, drehte Peter wieder die Lautstärke runter. Es gelang ihm schließlich, seinen Gast zu beruhigen, dann ging er zurück an seinen Zapfhahn, Bestellungen abarbeiten. Glücklicherweise räumte in dem Moment der Angler neben mir das Feld. Er musste wohl bei Sonnenaufgang in seinem Ruderkahn sitzen und deshalb zeitig in die Koje. Der Rothaarige war schon auf dem Weg zum Ausgang. Als er den Platz frei werden sah, änderte er jedoch seinen Kurs. ›Machst mir ’n Großes, Peda? Und der junge Mann‹ – er meinte mich – ›sitzt och uff’m Trocknen!‹ Apropos ...« Theo hielt sein leeres Glas hoch und zeigte wieder – obwohl mein Glas noch halb voll war – das seitenverkehrte Victory-Zeichen.

»Dem Alten passte das natürlich nicht. Er wollte, dass der Rote von der Bildfläche verschwand. Der dachte gar nicht daran, sondern packte Zigaretten und Feuerzeug aus und machte es sich an der Theke bequem. Nach dem zweiten Bier spendierte ich ihm einen Korn, nach dem dritten gab es einen auf seine Rechnung. Und bald wurde er richtig redselig. Er heiße Siegfried, sagte er – ›Blöder Name, Siggi klingt besser, wa?!‹ –, und arbeite bei *Karstadt* im Lager. Peter hielt sich immer öfter in unserer Ecke auf und musterte mich misstrauisch. Aber Siggi ließ sich nicht stören. Er hatte zwar nicht viel zu erzählen, aber das bisschen erzählte er umso ausführlicher. Er wohne gleich um die Ecke in einer Zwei-Zimmer-Wohnung, ›mit Balkon, wat will man mehr‹, war ›jeschied’n‹ und hatte eine Tochter. Jetzt wollte er es noch mal versuchen ›mit die Frauen‹.«

Das Telefon piepte. Theo zog es aus der Tasche. »Ja! Gut, wir sehen uns ...« Er sah auf die Uhr. »Gegen zwei. Bis dann!« Zu mir sagte er: »Übrigens, Hannah hat heute versucht, mich in der Universität zu erreichen.«

»Hannah?«

»Ja, Hannah Lachmund – oder wie sie jetzt heißt ...«

»Grimm.«

Er nickte ungläubig. »Sie soll ziemlich erregt gewesen sein. Die Assistentin hat ihr meine Privatnummer gegeben. Hoffentlich ist nichts mit ihr.« Mit einem Wink verscheuchte er jedoch sogleich den Gedanken. »Ein bisschen durchgeknallt war sie ja schon immer. Wo waren wir stehen geblieben?«

»Beim rothaarigen Siggi.«

»Richtig. Er erzählte mir also, dass er über vierzig sei und nicht sein ganzes Leben alleine bleiben wolle, nur weil er einmal ›rinnjefall'n‹ war, schließlich seien ja nicht ›alle Weiber solche Satansbrat'n‹.« Immer wenn er seinen Gesprächspartner imitierte, klang Theos Stimme nach Boulette und Bockwurst und Molle mit Korn. »Mitten im schönsten Gespräch unterbrach uns plötzlich Freund Peter und meinte, Siggi hätte genug für heute, er solle nach Hause gehen und sich ins Bett legen oder, wenn er unbedingt wolle, sich woanders voll laufen lassen. Von ihm kriege er jedenfalls nichts mehr. ›Peda, wat is denn?‹, fragte Siggi und verstand die Welt nicht mehr. ›Du bist besoffen, dit is.‹ – ›Besoffen? Ick?‹ Er schüttelte den Kopf und lachte. ›Aber austrinken darf ick doch noch, oder?‹ Peter brabbelte irgendwas und verzog sich zum Zapfhahn. ›Besoffen, ick, nach die zwee Bier?‹ Siggi konnte es nicht fassen. Als er sich beruhigt und eine Zigarette angezündet hatte, sagte er zu mir: ›Eigentlich is Peda wirklich in Ordnung, der hat zurzeit nur 'n bisschen Stress.‹ – ›Stress?‹, fragte ich. Aber er zeigte nur auf die Kellnerin, die sich gerade an einem der Tische bückte und Biere verteilte, wobei die Kerle ausgiebig ihren Hintern und ihre Beine betrachteten. ›Siehste die Kristina, die is doch süß oder?‹ – ›Ja, ja, ganz nett‹, sagte ich. – ›Is Polin! Die hat der Peda dem Andreas – der is hier och öfters, aber heute issa nich da –, die hat der dem also besorgt. Zum Heiraten, verstehste! Und dann hatta se och noch einjestellt, damit se Arbeit hat. Is doch okay, oder?‹ Du kannst dir sicher vorstellen, wie verblüfft ich war.«

Allerdings, ich war es ja selbst. Ich wusste nicht, was ich erwartet hatte, aber das bestimmt nicht.

»Ich fragte ihn, wie ein Mann einem anderen eine Frau

›besorgen‹ könne. ›Na ja‹, sagte er, der Peda hätte da eben seine Beziehungen. ›Jibt ja jenuch Weiba in Polen, die janz scharf sind uff'n Deutsch'n.‹ Ihm werde der Peda auch bald eine Frau besorgen. Er hätte sich sogar schon eine ausgesucht – ›eene blonde, schicke‹. ›Ausgesucht?‹, fragte ich und er nickte ganz glücklich. Plötzlich knallte es neben mir. Der Peda! ›Deine Rechnung!‹, sagte er zu mir mit tiefer Stimme, mühsam beherrscht. Ich nahm seelenruhig einen Schluck – ich trank das Glas nicht leer –, zündete mir eine Zigarette an und sagte: ›Ich bezahle dann.‹ Du kennst mich ja, ich lasse mir nicht gerne sagen, was ich zu tun habe, von niemandem. Peter entglitten die Gesichtszüge. Der kleine Mann wurde puterrot und es war natürlich vorbei mit der Selbstbeherrschung. So was habe er gerne, dahergelaufene Wichser, die seine Gäste besoffen machten. Ich solle sofort das Lokal verlassen, sonst passiere was. Ich versuchte, was zu sagen wie: Wir hätten uns doch nur friedlich unterhalten und ob das vielleicht hier verboten sei, irgendwas in der Art. Aber ich hatte keine Chance. Die Halsschlagader des aufgedunsenen Mannes war dick wie ein Stahlseil, sein Sternzeichenanhänger zitterte und er schrie: ›Ooch noch doof stellen!‹ Er hätte schließlich ›Oogen im Kopp‹, ich solle machen, dass ich Land gewinne, aber janz fix. Siggi saß stumm daneben und es sah so aus, als wüsste er überhaupt nicht, was er von der Situation halten sollte. Alle sahen mittlerweile zu uns her. Ich steckte meine Zigaretten ein und begriff langsam, dass es vielleicht doch klüger wäre, das Feld zu räumen, wenn mir meine Gesundheit am Herzen lag. Aber ich kam nicht mehr dazu, den Gedanken in die Tat umzusetzen. Von hinten wurde ich vom Barhocker gestoßen. Der Experte für Ersatzteilpreise und Individualverkehr krempelte sich die Ärmel hoch. ›Lass man, Peda, dit ham wa gleich. Wer nich hör'n will, muss fühl'n!‹ Ein paar andere kamen hinzu. Einer packte mich am Oberarm, während ich aufstand. Ich stieß ihn weg. Ein Schlag traf mich im Rücken. In dem Moment lenkte Peter ein: ›Lasst mal, Jungs!‹ Er wolle keinen Ärger, ich hätte sicher kapiert, dass so was bei ihm nicht laufe, ich würde mich bei ihm entschuldigen und dann brav nach Hause gehen. ›Nicht wahr?‹ Aber da hatte der Wirt die Rechnung ohne seinen Gast gemacht.« Er grinste. »Ich fuhr herum und drückte dem Kerl, von dem ich vermutete, dass er mich geschlagen hatte, meine Faust ins Gesicht. Er fiel gegen den Kleiderständer und riss ihn um. Die andern waren nicht mehr zu halten. Sie packten mich an beiden Armen, zerrten an meinem Hemd.« Er hob den linken Arm und zeigte mir einen zwanzig Zentimeter langen Riss unter der Achsel. »›Keenen Ärger!‹, hörte ich Peters Stimme. ›Ick will keenen Ärger!‹ Und bevor ich bis drei zählen konnte, hatten sie mich an die Luft gesetzt. Ein paar Drohungen und Kraftausdrücke, dann schloss sich hinter mir die Tür. Nicht einmal bezahlen brauchte ich. Ich sag dir was, Henry, diesem Peter geht der Arsch auf Grundeis, der hat die Hosen gestrichen voll.«

Ich nickte und schwieg. In meinem Kopf herrschte ein ziemliches Durcheinander. Ich musste eine gewisse Grundordnung schaffen, bevor ich Aussichten hatte, einen vernünftigen Gedanken zu finden. Heiraten! Der rothaarige Siegfried wollte eine Polin heiraten, die ihm dieser Peter besorgen sollte. Und was hatte Andrzej gesagt: Seine Schwester sei mit ihrem Sohn nach Berlin gekommen, um jemanden kennen zu lernen, der sie heiraten wollte. Agnes war in dem Lokal gewesen, und Andrzej auch. Es war der Ort, an dem die Fäden zusammenliefen.

»Ich sollte mich vielleicht mal mit der Polin unterhalten, der Kellnerin«, sagte ich.

Aber Theo war von der Idee nicht besonders begeistert. »Überleg doch mal! Ihre Situation ist wahrscheinlich beschissen genug. Wenn wir sie unter Druck setzen, kriegt sie nur zusätzliche Probleme. Außerdem ist es gar nicht nötig, sie in die Sache mit reinzuziehen. Vermutlich weiß sie nicht einmal allzu viel. Wenn wir wirklich etwas erfahren wollen, müssen wir uns an meinen Freund Peter halten.«

»Sicher, aber der wird uns kaum etwas erzählen.«

»Kommt drauf an, *wie* wir ihn fragen.« Theo zwinkerte mir zu.

»Heißt das, du willst weiter mitmachen?«

»Ich hab noch 'ne Rechnung offen ...«

Im Kerzenlicht konnte ich tief in seine Nasenlöcher blicken. Er hob sein Glas. Auf meinem zweiten Bier, von dem ich noch nichts getrunken hatte, war kein Schaum mehr.

»Übrigens, Liss sucht dich«, sagte ich.

»Alissa?« Er wurde ernst.

Ich war etwas verunsichert, weil ich eigentlich gar nicht wusste, was zwischen ihnen war.

»Fang bloß nicht an, dich in sie zu verlieben, dann bist du verloren!«, sagte er nach einer bedeutungsvollen Pause.

»Klingt ziemlich pathetisch.«

Theo grinste nicht, sondern sagte: »Alissa denkt, sie tut, wozu sie Lust hat. Dabei merkt sie gar nicht, was mit ihr geschieht und wie sie nach und nach die Kontrolle verliert. Als wir uns kennen lernten, habe ich versucht, ihr zu helfen. Aber du kannst sie nicht halten, es sei denn, du machst es genauso wie sie und stürzt mit ab. Ich bin mir nicht sicher, ob ihr nichts etwas bedeutet oder ob es nichts gibt, was ihr ausreicht. Wahrscheinlich ist das dasselbe.« Er zündete sich eine Zigarette an.

»Vielleicht tut sie's ja wirklich«, sagte ich.

»Was?«

»Wozu sie Lust hat!«

»Ich seh schon: Du bist verloren! Na dann, Prost!«

Tote Löwen, lebendige Hunde und das Grinsen der Kriminalisten

Pünktlich zu Wochenbeginn waren die Wolken wie weggeblasen. Die Mittagssonne stand blank über dem Bezirksamt Friedrichshain.

Gestern war ein graues Dösen auf Marcs Matratze. Ein *Spiegel* von vor drei Wochen, ein paar Partien Schach mit Konrad, die er alle gewonnen hatte, am Abend kam *Hammett* im Fernsehen.

Hannah hatte etwas auf dem wohngemeinschaftlichen Anrufbeantworter hinterlassen, das wirklich nicht gut klang: »Theo! ... Muss dich unbedingt sprechen ... Henry geht nicht ans Telefon ... Wo steckt ihr bloß? ... Ich ... weiß nicht, was ... ich ...« Dann erstickte ihre Stimme. Sie musste das schon am Samstag draufgesprochen haben, wahrscheinlich sogar schon am Nachmittag – ich erinnerte mich an das Blinken der roten Kontrollleuchte, als ich von meinem Ausflug zu Nicole nach Hause gekommen war –, und wieder hatte sie weder eine Telefonnummer noch ihre Adresse dagelassen. Ich konnte also nichts anderes tun, als mir Sorgen zu machen.

Neben dem Eingang vom Bezirksamt stand Hunni vom Obdachlosentheater *Die Ratten.* Er hatte eine Literflasche Fanta in der Hand und beobachtete den Verkehr, der um den Bersarinplatz herum an ihm vorbei in Richtung Warschauer Straße floss. Ab und zu drehte er sich um und rief einer grau-schwarzen Riesentöle, die am Geländer festgemacht war und winselte, etwas Freundliches zu. Er kannte mich nicht. Er war ein Star.

Im Treppenhaus des grauen Kastens hingen Fotos von Straßenkindern aus Madagaskar. In einem Text wurde darauf hingewiesen, dass *unsere* Probleme, z. B. die Klimaanlage in der Tiefgarage, eigentlich gar keine wären, wenn man die unerträgliche Tatsache in Betracht zog, dass diese Kinder Tag für Tag in Abfällen herumwühlten, um zu überleben ... Stimmt, dachte ich, die Klimaanlage in der Tiefgarage, in der meine nagelneue Luxuskarosse steht, müsste wirklich mal überholt werden. Es gehört wahrscheinlich zu den Aufgaben der Mitarbeiter dieses Amtes, ihrer Kundschaft zu vermitteln, dass sie lebte wie der Bandwurm im deutschen Mastdarm.

Die Abteilung Sozialwesen befand sich im ersten Stock. Ich ging durch den Gang, der voll war wie immer. Vor Zimmer 127 blieb ich stehen. Hier wurden alle auf Staatskosten ernährt, die im Dezember zum ersten Mal das Licht der Welt erblickt hatten – und das waren nicht wenige. Die blauen Sitze aus Rasterblech, die wahrscheinlich im Knast hergestellt wurden, waren alle besetzt. Eine lange, dünne Frau mit fettigen Haaren musste das Kind auf ihrem Schoß beruhigen, das ein Pflaster über dem rechten Auge kleben hatte, an dem es immerzu polkte. Zwei Kollegen von Hunni klammerten sich stoisch an ihre Plastiktüten und dösten vor sich hin. Ein Penner-Punk mit grün-gelben Haarbüscheln und einem T-Shirt der Anarchistischen Pogo Partei Deutschlands (APPD) fummelte an dem Nietenbesatz seiner Lederjacke herum. Sicher gehörte ihm der Hund auf der Straße, für den er zehn Mark Tagessatz zusätzlich abstaubte. Natürlich waren auch all die anderen schweren ›Fälle‹, die jedes Soziologenherz höher schlagen lassen mussten, exemplarisch vertreten: der Langhaarige mit den schmutzigen Füßen, die er gleich mitten im Gang abgestellt hatte, sodass jeder, der vorbeiwollte, darüber steigen musste, der versoffene Exprolet, der natürlich nicht darüber stieg, sondern so lange pöbelte, bis der Weg frei war, das Paar hemmungslos berlinernder Klatschweiber, das sich schick gemacht und alle Kinder, die aufzutreiben waren, zum Eindruck- bzw. Geldherausschinden mitgebracht hatte, sowie eine Menge Typen, die nur noch als ihre eigenen Schatten dasaßen und die

Wand anstarrten. Und selbstverständlich ich, der ich ebenfalls die Wand mit dem vergilbten Ölanstrich anstarrte.

Irgendwann kam Hammond vorbeigeschlendert – der Mann mit dem absoluten Gehör. Obwohl er kein Star war und wohl auch keiner werden würde, kannte auch er mich nicht. Sein Haar war stumpf und an den Spitzen ausgefranst. Durch den Bart schimmerte ein rötlicher Ausschlag. Er stellte sich auf die andere Seite, holte eine Bibel aus der Tasche und begann, darin zu blättern. Ich sah auf die Uhr. Mein Termin war vor einer Viertelstunde.

Nach weiteren fünf Minuten öffnete sich die Tür. Eine hennarot gefärbte, studentinnenhaft aussehende Frau kam heraus und schwenkte ihren Scheck. »Lassen Sie die Tür ruhig offen«, sagte eine dunkle Frauenstimme aus dem Innern des Raumes. »Ist Herr Palmer da?«

Ich antwortete nicht, sondern ging einfach hinein. Vorher traf mich noch der wütende Blick der dünnen Frau mit dem bepflasterten Kind.

Sawatzki, der mich normalerweise ›bearbeitete‹, hatte schon angekündigt, dass er in diesem Monat Urlaub hatte. Seine Vertretung war noch mit den Akten beschäftigt. »Setzen Sie sich«, sagte sie, ohne aufzusehen.

Als ich sie beobachtete, ahnte ich bereits, was auf mich zukommen würde. Sie war Ende vierzig, hatte blonde Haare, kurz geschnitten, etwas Rouge im blassen Gesicht und trug eine Lesebrille, deren Bügel mit einer Kette verbunden waren. Ihre Falten saßen da, wo sie mir am wenigsten gefielen: zwischen den Brauen. Irgendetwas schien ihr Sorgen zu bereiten. Ich etwa?

»Herr Palmer.« Zum ersten Mal sah sie mich an. »Sie bekommen jetzt seit ...« Sie blickte wieder in ihre Akten. »Oktober vorigen Jahres Sozialhilfe. Richtig?«

»Ich glaube ...«

»Haben Sie seitdem schon mal versucht, Arbeit zu finden?«

Das war es, was ich befürchtet hatte. »Als Fotomodell«,

sagte ich. »Aber daraus ist leider nichts geworden. Die nachdenklichen Typen sind zurzeit nicht gefragt.«

Sie lachte nicht. Himmel, dachte ich, ich will meinen Sawatzki wiederhaben!

»Und wie stellen Sie sich das künftig vor?« Sie nahm die Brille ab. »Sie wissen, dass wir Sie zu gemeinnützigen Tätigkeiten heranziehen können. Ich verstehe gar nicht, warum Herr Sawatzki nicht schon längst ...«

Weil er in Ordnung ist, dachte ich und sagte: »Vielleicht wollte er abwarten, bis ich mit meinem Weiterbildungskurs fertig bin.«

Sie zuckte zusammen und ihre Falten gruben sich zwei Zentimeter tief. »*Sie* machen einen Weiterbildungskurs? Als was denn?«

»Rettungsschwimmer«, sagte ich.

Ihr Blick erinnerte mich an Edmund Stoiber, wenn er vom In-die-Pflicht-Nehmen der Arbeitslosen und Sozialhilfeempfänger spricht und dabei an Reichsarbeitsdienst denkt. »Und wie lange werden Sie noch ›weitergebildet‹?« Das letzte Wort betonte sie so, dass ich die Gänsefüßchen sehen konnte, in die sie es setzte.

»Kommt drauf an, wie gut ich bin. Sechs bis acht Wochen vielleicht. Vielleicht auch länger.«

»Und im Winter wollen Sie dann anfangen zu arbeiten – als Rettungsschwimmer!«

»Im Hallenbad«, sagte ich.

Sie glaubte mir natürlich kein Wort, aber wahrscheinlich hatte sie keine Lust, sich länger mit mir herumzuärgern. Draußen wartete noch eine ganze Bande von Märchenerzählern, und dass ich ihr das Blaue vom Himmel log, konnte sie mir im Augenblick nicht nachweisen. Außerdem war sie nur die Urlaubsvertretung, hatte vielleicht gerade Klimax-Beschwerden, was nicht schön ist bei dem Wetter, und überhaupt, wer spricht schon vom Siegen ... wenn man nur sein Gesicht irgendwie wahren kann! »Gut, ich mache dann einen

Vermerk in Ihrer Akte, dass Sie in zwei Monaten zur Verfügung stehen.«

Ich wusste, dass es jetzt wichtig war, den Mund zu halten. Nicht dass ich etwas dagegen gehabt hätte, alten Leuten das Mittagessen zu bringen oder die Rabatten zu harken, aber im Moment hatte ich wirklich etwas anderes zu tun.

Eine Minute später gab sie mir meinen Scheck. »Und denken Sie daran, Herr Palmer, zwei Monate! Ich werde mich persönlich nach Ihnen erkundigen.«

»Alles klar!«, sagte ich.

Auf dem Gang war inzwischen ordentlich was los. Das Kind der dünnen Frau hatte sein Pflaster abgerissen und heulte. Die Frau schimpfte. Hammond predigte davon, dass ein guter Ruf besser sei als eine gute Salbe und Weisheit helfe, sich an der Sonne zu freuen. »Du sollst endlich die Fresse halten!«, brüllte der gescheiterte Prolet. »Hier kann jeder sagen, was er will«, hielt der Langhaarige dagegen. »Apropos Salbe!«, sagte eine der kinderreichen Nervensägen. »Erinnerste mich daran, dass wir nachher bei der Apotheke vorbeigeh'n. Mandys Ekzem ist noch nicht besser ...«

»Soll ich die Tür offen lassen?«, fragte ich Sawatzkis Vertretung. Sie hatte sich nicht einmal vorgestellt.

»NEIN!!!«

Als ich durch den Gang lief, begleitete mich die Stimme des Mannes mit dem absoluten Gehör: »Denn bei allen Lebendigen ist, was man wünscht: Hoffnung. Denn ein lebendiger Hund ist besser als ein toter Löwe.«

Im Erdgeschoss holte ich mein Geld ab. Der lebendige Hund lag in der Sonne wie ein toter Löwe. Gelangweilt öffnete er ein Auge, als ich an ihm vorbei auf die Straße trat. Von Hunni war nichts mehr zu sehen.

Ich fand, es war keine schlechte Idee, da ich schon mal in der Gegend war, in meiner Wohnung nach dem Rechten zu sehen.

Wie meistens, wenn ich fest damit rechnete, dass der Briefkasten auseinander zu sprengen drohte, weil ich ein paar Tage nicht da gewesen war, war er so gut wie leer: ein Kontoauszug, eine Einladung zu einer ›5-Tages-Reise ins wunderschöne Berchtesgadenerland‹ inklusive ›Heimatabend beim bekannten singenden Wirt‹, die Karte eines italienischen Restaurants mit Lieferservice und eine tote Wespe. Das war alles. Auf meinem Konto hatte sich auch nichts Wesentliches getan, doch damit hatte ich auch nicht gerechnet. Ich ließ mir die Auszüge sowieso nur noch zuschicken, weil ich zu faul war, sie abzubestellen.

In meiner Wohnung sah alles aus wie beim letzten Mal: Brecht auf dem Fußboden, die aufgeblasene Luftmatratze in der Küche, Whiskygläser im Abwaschbecken, die Zeitung mit den offenherzigen Statements von Röntsch auf dem Tisch, kein neues Siegel an der Wohnungstür – anscheinend waren die kriminaltechnischen Untersuchungen abgeschlossen –, nur meine beiden Zimmerpflanzen ließen die Blätter hängen. Bevor ich sie goss, schaltete ich die Stereoanlage ein, damit ich mir nicht ganz so vorkam, als wäre ich bei mir selbst zu Besuch – Chet Baker, um die spukenden Geister zu beruhigen, *My foolish heart*. Ich fragte mich, ob es mir jemals wieder gelingen würde, in diesem Zimmer zu sein und nicht das Bild von Agnes vor Augen zu haben, mit aufgeklapptem Mund und lila Augenringen. Auf jeden Fall musste ich das Sofa loswerden.

Nachdem ich geduscht und T-Shirt, Slip und Jeans gewechselt hatte, fühlte ich mich frisch und voller Tatendrang. Zum Aufräumen hatte ich jedoch keine Lust. Ich griff mir das Telefonbuch und suchte die Nummer der Charité heraus.

»Kripo, Röntsch«, sagte ich wieder der Einfachheit halber. »Ich hätte gern eine Auskunft über Ihren Patienten Andrzej Pszoniak.«

Ich wurde verbunden mit der Stationsschwester, die wiederum verband mich mit dem behandelnden Arzt – beziehungsweise sie versuchte es. Es knackte in der Leitung, nach einer Weile sagte sie: »Einen kleinen Moment Geduld, der Doktor telefoniert gerade.« Nach weiteren Augenblicken des Harrens, zirpte ihre Stimme: »Sind Sie noch dran?«

Ich räusperte mich.

»Momentchen!«

Irgendwann, ich hatte schon gar nicht mehr damit gerechnet, meldete sich eine Männerstimme: »Hansen.«

»Sind Sie der behandelnde Arzt von Andrzej Pszoniak?«, fragte ich, was er bejahte, woraufhin ich ihm erzählte, weshalb ich anrief.

»Wer, sagten Sie, sind Sie?«

»Kommissar Röntsch«, sagte ich. »R-Ö-N-T-S-C-H!«

»Palmer!«, kläffte es plötzlich hallend aus der Ohrmuschel. »Ich erwarte Sie heute Nachmittag bei mir auf dem Präsidium. Sollten Sie nicht erscheinen, lasse ich nach Ihnen fahnden. Haben Sie mich verstanden?«

Es war zweifelsfrei mein Busenfreund Röntsch, der sich da für mich ausgab. Wahrscheinlich saß er in Hansens Zimmer und dieser hinterhältige Satan in Weiß hatte den Knopf für Konferenzschaltung gedrückt.

»Falsch verbunden!«, sagte ich und legte auf. Ich bin kein Christ. Mir sind tote Löwen lieber als lebendige Hunde, besonders wenn es sich um solche handelte, die mir unbedingt ans Bein pissen wollten.

Auf den Schreck zündete ich mir eine Zigarette an und dachte, im Grunde konnte mir Röntsch gar nichts nachweisen, ich musste einfach nur hartnäckig leugnen, jemals im Krankenhaus angerufen zu haben. Schließlich war Röntsch nicht gerade medienscheu. Jeder des Lesens Kundige konnte seinen Namen kennen und somit auch benutzen. Außerdem: Was war das schon für ein Verbrechen? Ich hatte keine Verträge unter falschem Namen abgeschlossen, keine Unterschriften gefälscht, nicht in hochstaplerischer Absicht Titel missbraucht, kein fremdes Konto geplündert, ich wollte lediglich wissen, wie es Andrzej ging.

Das Telefon klingelte und ich zuckte zusammen.

Oeser war am Apparat. »Es freut mich, Sie zu erreichen. Die Gelegenheit hat man ja nicht allzu häufig«, sagte er gefährlich gut gelaunt. »Kommissar Röntsch hat mir soeben von Ihrem netten kleinen Telefonat erzählt.«

»Was für ein Telefonat?«

»Palmer, Palmer – ich muss schon sagen. Unser Kollege Röntsch versteht da gar keinen Spaß. Er will Sie unbedingt anzeigen. Ich konnte ihn zwar fürs Erste beruhigen, aber ausgestanden ist die Geschichte nicht. Vor allem dann nicht, wenn Sie sich weiterhin so unkooperativ zeigen. Also hören Sie zu: Statt des gemütlichen Stelldicheins mit Ihrem Freund Röntsch haben Sie jetzt eine feste Verabredung mit Kommissar Bönninghaus und meiner Wenigkeit. Und bei dieser Gelegenheit werden Sie uns detailliert erzählen, was Sie über Andrzej Pszoniak wissen. Habe ich mich deutlich ausgedrückt?«

»Wie geht es ihm, Andrzej? Können Sie mir das sagen?«

»Immer der Reihe nach. Erst einmal sind Sie dran, uns etwas zu erzählen, dann sehen wir weiter. Wir sind in einer Dreiviertelstunde bei Ihnen. Setzen Sie schon mal Kaffeewasser auf.«

»Kaffeewasser?«, fragte ich in den Hörer hinein, doch Oeser hatte schon aufgelegt. Ich seufzte tief. Der Tag machte mir zu schaffen. Ich wusste, dass ich keinen Kaffee mehr im Haus hatte, nur noch Tee, und damit konnte ich den beiden wohl nicht kommen. Aber ich wollte guten Willen zeigen – einkratzen nannte man das wohl –, schließlich hatte Oeser schon Recht, ich war nicht gerade kooperativ gewesen und mir war klar, dass ich es auch diesmal nur ansatzweise sein würde. Also trabte ich zu *Reichelt,* kaufte ein halbes Kilo Kaffee und noch etwas Pflaumenkuchen dazu, um das Kaffeekränzchen perfekt zu machen.

In Höhe der Pfingstkirche keuchte mir auf dem Fahrrad der Star des Tages entgegen: Fritz Teufel! – mit Helm und *Moskitos*-Tornister. Selbstverständlich kannte er mich nicht. Er blinzelte durch seine Brillengläser und trat in die Pedalen, als sei es ein Akt der Selbstbehauptung in diesem rettungslos den Bach heruntergehenden System, sich bei dreißig Grad im Schatten die Seele aus dem Leib zu strampeln. Und ich korrumpiertes Arschloch plaudere mit den Handlangern des Staates gemütlich bei Kaffee und Kuchen, dachte ich und: Fahrradkuriere sind Idealisten! Ich blickte ihm nach, kopfschüttelnd über die verschlungenen Pfade irdischen Daseins, bis er in die Petersburger Straße einbog. Das sind Momente, in denen einer wie ich gläubig wird. Wenn es niemanden gibt, der daran seinen Spaß hat, was soll dann das Ganze?

Ich räumte die Luftmatratze aus der Küche ins Zimmer und fing an, Kaffee zu kochen und den Küchentisch zu decken. Die Kriminalisten hätte es wahrscheinlich nicht gestört, den Pflaumenkuchen dort zu sich zu nehmen, wo sie vor wenigen Tagen eine Leiche gefunden hatten, aber mich störte es. Dabei pfiff ich den Uralthit *Moskito.*

Das Telefon klingelte.

»Hallo, hier ist Nicole.« Eine Pause. »Ich wollte dir eigentlich erklären, warum ich am Samstag, ich meine, mit wem ich zusammen war.«

Es klingelte, wahrscheinlich Oeser und Bönninghaus.

»Nicole, ich ruf dich zurück.«

Bönninghaus war es, der zuerst den Kaffee roch. »Chef, ich glaube, hier sind wir richtig.«

»Das mit dem Kaffee war eigentlich nicht ernst gemeint«, japste Oeser und wischte sich Schweiß von der Stirn.

Ich bot ihnen einen Platz in meiner Küche an. Oeser zog seine Brille aus der Brusttasche seines Sporthemdes. Sein Atemrhythmus normalisierte sich allmählich. »Noch so ein Sommer und ich schaff's nicht mehr bis zur Pensionierung«, sagte er und formulierte damit wohl den Albtraum eines jeden Staatsbeamten, der die fünfzig schon eine Weile überschritten hatte.

Bönninghaus, dessen Gesichtsfarbe einen starken Stich ins Rötliche hatte, schielte auf den Pflaumenkuchen. Sein Chef rückte den Teller, der vor ihm stand, demonstrativ zur Seite und legte sein Notizbuch an dessen Stelle. Ich goss Kaffee ein.

»Danke«, sagte Bönninghaus und nahm ein Stück Kuchen.

»Milch, Zucker?«, fragte ich.

»Mülsch!«

»So, nun setzen Sie sich mal hin, wir sind ja schließlich nicht zum Spaß hier.« Oeser sah Bönninghaus an, der, solange der Blick seines Vorgesetzten auf ihm ruhte, das Kauen einstellte.

»Na schön«, sagte ich. »Wenn's denn der Wahrheitsfindung dient.«

»Woher kennen Sie Andrzej Pszoniak?«

Ich erzählte ihnen, dass Andrzej Agnes' Bruder war und mich am Abend nach dem Verhör in meiner Wohnung besucht hatte. Die Pistole ließ ich unerwähnt.

»Und er kam einfach bei Ihnen vorbei, nach dem Motto: Hallo, Sie sind doch der Mörder meiner Schwester, ich freue mich, Ihre Bekanntschaft zu machen!«

»Am Anfang war er schon ein bisschen ungehalten. Schließlich hatte er den Zeitungsartikel gelesen und glaubte tatsächlich, ich hätte sie umgebracht.«

»Hat er Sie bedroht – mit einer Waffe?«

»Nein, erst wollte er mir an die Wäsche, aber ich konnte ihn schnell davon überzeugen, dass wir verschiedene Gewichtsklassen sind.« Ich goss Bönninghaus Kaffee nach, Oeser hatte seine Tasse noch nicht angerührt.

»Und weiter?«, fragte der Hauptkommissar und schob seine Brille auf die Nasenspitze.

»Erst möchte ich von Ihnen hören, wie es Andrzej geht. Offensichtlich ist er noch nicht wieder bei Bewusstsein, sonst hätte er Ihnen schon etwas erzählt.«

Oeser holte tief Luft und verdrehte die Augen. »Palmer, Sie sind eine Nervensäge.«

»Woher wollen Sie wissen, dass er noch nicht ausgesagt hat?«, mischte sich Bönninghaus zum ersten Mal in das Gespräch ein.

Aber Oeser winkte nur ab. »Er hat die Operation gut überstanden, ist natürlich noch etwas schwach, aber bei vollem Bewusstsein. Allerdings weigert er sich, eine Aussage zu machen.«

»Das kann ich verstehen«, sagte ich und erzählte von Piontek, der sich auch Pawel nannte, von Agnes' Heiratsplänen, dem Treffen in Berlin samt anschließendem Kidnapping und der ausgesprochenen Drohung der Entführer, ihren Sohn umzubringen, sollte sie die Polizei verständigen. »Verstehen Sie, er hat Angst, dass noch mehr passiert.«

Oeser nickte. »Darauf können wir leider keine Rücksicht nehmen. Wir brauchen eine Personenbeschreibung des Sohnes von Agnes Brzyska, damit wir eine Fahndung einleiten können. Wissen Sie eigentlich, was dieser Andrzej in Neukölln zu suchen hatte?«

»Keine Ahnung.« Von *Peters Bierbar* wollte ich vorerst noch nichts erzählen. Ich hatte heute Nacht einen Termin mit Theo und dem Kneipenwirt. Den wollte ich auf jeden Fall wahrnehmen. Stattdessen fütterte ich Oeser mit Einzelheiten über Agnes' familiäre Verhältnisse, die mir Andrzej geschildert hatte, und Bönninghaus mit Pflaumenkuchen.

»Das stimmt im Großen und Ganzen mit dem überein, was uns unsere polnischen Kollegen mitgeteilt haben«, bestätigte Oeser.

»Dann wussten Sie bereits, dass Andrzej der Bruder von Agnes ist?«

»Wir wissen mehr, als Sie denken«, grinste Bönninghaus, mit vollem Mund.

Oeser stand auf. »Ach ja, es wird Sie vielleicht interessieren, dass wir den Taxifahrer gefunden haben, der von Piontek angeheuert worden war, um Ihrem Taxi zu folgen.« Er reichte mir die Hand. »Auf Wiedersehen.«

Bönninghaus folgte ihm, den letzten Rest Kuchen stehend mit einem Schluck Kaffee runterspülend.

Im Treppenhaus drehte sich Oeser noch einmal um. »Und denken Sie daran: Du sollst den Namen Röntsch nicht unnütz im Munde führen!«

Weil mir ein zweifaches Kriminalistengrinsen ein bisschen zu viel war, sah ich diskret zum Fußboden, wodurch ich einen Blick auf Bönninghaus' Schuhwerk erhaschen konnte. Ich hatte geglaubt, diese faltbootähnlichen Halbschuhe mit Lederbommeln obendrauf wären endgültig erledigt, als Beitrag der Modebranche zur Umweltverschmutzung erkannt und vom Herrenfuß des letzten eingefleischten *Hertie*- und *Kaufhof*-Sommerschluss-Hardliners verschwunden, aber anscheinend hatte ich mich geirrt.

Ich holte mir einen Teelöffel und nahm meine Magentropfen. Diese Verhöre bekamen mir nicht. Ich sollte mir ein ärztliches Attest besorgen. Kaffee und Kuchen hatte ich kaum angerührt. Ich entsorgte die Reste im Ausguss und im Mülleimer.

Nicole war nicht mehr da oder sie nahm den Hörer nicht ab.

Ich stellte das Geschirr in die Spüle und verließ die Wohnung. Als ich den Schlüssel aus dem Schloss zog, klingelte mein Telefon. Einen Augenblick zögerte ich, dann dachte ich an Nicole. Abgewimmelt und versetzt, das würde ihr ganz bestimmt nicht gefallen. Und obwohl eigentlich *ich* derjenige war, der Erklärungen fordern konnte – ich sage nur Meeresfrüchte –, geriet ich plötzlich durch ein Zusammenspiel widriger Umstände unter Rechtfertigungsdruck. So war es immer. Ich schloss also wieder auf, stürzte ins Zimmer, wobei ich im Korridor einmal mehr meinen Salz-und-Pfeffer-Mantel vom Haken riss, nahm ab – aufgelegt! Klassisch, dachte ich und schmiss den Hörer zurück auf den Apparat.

Auf der Straße herrschte bereits Feierabend: Männer, die ihre Aktentaschen nach Hause brachten, Frauen, die den Nachwuchs vom Kindergarten abgeholt hatten, Leute, die schwere Plastikbeutel vom Supermarkt durch die Gegend schleppten. Die Landsberger Allee war gesperrt. In den Nebenstraßen staute sich alles, was stadtauswärts in Richtung Marzahn wollte. An einem Balkon hing ein Transparent: *Sorry, wir wohnen hier!*

Keene Mafia und keene Prostitution!

Theo wurde langsam ungeduldig. Mit seinen Fingerspitzen trommelte er nervös auf dem Lenkrad seines nagelneuen geleasten Volvos herum. Sein Funktelefon lag im Kassettenfach zwischen Fahrer- und Beifahrersitz. Dreimal hatte es geläutet und Theo hatte sich verabredet – für diese Nacht. Es war kurz vor halb zwei. Seit über einer Stunde standen wir schräg gegenüber von *Peters Bierbar* und beobachteten den Eingang der unscheinbaren Kietzkaschemme. Der letzte Gast hatte vor ungefähr zwanzig Minuten das Lokal verlassen, zwei Meter neben uns gegen einen Laternenpfahl gepisst und war dann, irgendwas vor sich hin brabbelnd, in Richtung Karl-Marx-Straße verschwunden.

»Wenn er in fünf Minuten nicht rauskommt, geh ich rein«, sagte Theo und ich zweifelte nicht daran, dass er es tun würde.

Es war Zeit, dass etwas passierte. Theos Getrommel fiel mir auf die Nerven, aber ich sagte nichts, weil ich mir schon seine Kassetten von irgenwelchen DJs Tolkien und Marco verbeten hatte.

»Ich würde gerne die Kellnerin raushalten«, sagte ich. Ich wusste, dass Theo das Gleiche dachte. »Soll ich uns noch ein Bier holen?«

Er schüttelte den Kopf. Wir hatten bereits jeder einen Gang zur türkischen Imbissbude um die Ecke hinter uns. Vier leere Büchsen lagen zwischen unseren Füßen. Ich bot ihm eine Zigarette an. Rauchend und stumm behielten wir *Peters Bierbar* im Auge. Die Jalousien waren bereits heruntergelassen. Ein Mann mit einem Hund kam vorbei. Er sah zu uns herüber, während sein vierbeiniger Freund im Lichte von Peters Leuchtreklame sein Geschäft verrichtete. Wir tauchten ab wie zwei echte TV-Ermittler. Die Knie zwischen den Bierdosen war ich froh, dass sich Theo für einen Volvo entschieden hatte und nicht für einen Renault Twingo. Plötzlich stieß er einen gedämpften Pfiff aus und zog mich am Ärmel. »Aufwachen, es ist so weit!«

Wo eben der Hundefreund gestanden hatte, lief jetzt eilig eine blonde Frau vorbei. Sie war groß, hatte runde Hüften und trug einen schwarzen Rock und eine weiße Bluse. Ich sah sie nur noch von hinten.

»Das ist Peters Kellnerin«, sagte Theo. »Auf geht's!«

Die Jalousie vor dem Eingang war bis zur Hälfte heruntergelassen, aber die Tür war nicht abgeschlossen. Der Schankraum wurde nur noch von drei gelblichen Glühlampen unter kupferfarbenen Schirmen, die über der Theke hingen, beleuchtet. Alle Stühle waren hochgestellt, der Fußboden feucht, und es roch nach Zigarettenqualm und Reinigungsmittel. Neben dem Zapfhahn stand ein Korb mit den bedruckten Streichholzschachteln, die ich schon kannte. Ich steckte mir eine davon in die Tasche, zur Erinnerung.

Vom Chef des fragwürdigen Etablissements war nichts zu sehen. Theo zeigte auf eine offene Tür, links neben dem Tresen.

In dem Raum dahinter, eine zehn Quadratmeter große Kombination aus Abstellkammer und Büro, saß ein feister Mann – Anfang fünfzig, Schweißperlen auf der Glatze, das Hemd offen –, der die Ziffern seiner Kassenzettel in einen Tischrechner eingab. Offensichtlich machte ihm diese Arbeit zu schaffen. Er stöhnte und nahm einen kräftigen Schluck Bier aus einem Halbliterglas, das neben dem Rechner auf dem Tisch stand. Nachdem er das Glas wieder abgesetzt hatte, rülpste er ungeniert in den Raum hinein.

»Also, Peda!« Theo trat in den Türrahmen und schüttelte den Kopf. »Ich muss schon sagen, ich bin enttäuscht. Ein gestandener Geschäftsmann wie du sollte eigentlich bessere Manieren haben.«

Der arme Kerl wäre vor Schreck fast vom Stuhl gefallen.

Ein Teil seiner Belege segelte zu Boden. »Es ... es is jeschlossen«, stammelte er, nachdem er sich etwas beruhigt hatte.

»Aber das wissen wir doch«, entgegnete Theo munter. »Ich sag zu meinem Freund Henry – du kennst Henry ja aus der Zeitung, nicht wahr?« Peter verzog keine Miene. »Also, ich sag zu meinem Freund Henry, der Peda, nach dem die Bierbar benannt ist, das ist ein ganz fleißiger, der sitzt bestimmt noch in seinem Büro und macht die Abrechnung. Und siehe da, ich hatte Recht.« Er klatschte in die Hände und nickte mir zu. »Das ist eine gute Gelegenheit, sag ich zu Henry, meine Schulden zu begleichen, wozu ich am Samstag ja leider keine Gelegenheit mehr hatte. Da wird sich der Peda sicher freuen, das kann er dann gleich mit abrechnen.« Theo hob einen Beleg auf, der vor seine Füße gefallen war, und legte ihn auf den Schreibtisch.

»Hör'n Sie!«, sagte der dicke Mann, der Theo die ganze Zeit mit großen Augen angestarrt hatte. »Tut mir Leid, wat am Samstag passiert is. Wirklich. Ick wollte nich, dass es so weit kommt. Sie können mir globen. Ick will keenen Ärger und Sie brauchen mir nüscht zu bezahlen. Wir sind quitt – einverstanden?«

»Da sagt doch mein Freund Henry, der Peter von *Peters Bierbar,* mit dem würde er sich auch gerne mal unterhalten. So ein Zufall, nicht wahr?«

Peter sah mich an. In seinem winzigen Büro roch es nach Schweiß. Wenn er uns den Ahnungslosen vorspielte, dann machte er es nicht schlecht.

»Ich hatte sechs Biere und drei oder vier Klare, die von unserem rothaarigen Freund bezahle ich ebenfalls. Hast du noch meine Rechnung da?«

Peter schüttelte den Kopf.

»Dann kommen noch die Biere dazu, die mein Freund Henry und ich jetzt trinken.«

»Jungs, ick hab euch schon jesagt, es is Schluss!« Langsam

wurde der Wirt wieder selbstsicherer. »Ick kann doch nich für jeden, der hier rinnjeschneit kommt, wenn er lustig is, 'ne Ausnahme machen. Wat meint ihr, wann ick dann ins Bett kommen würde?«

»Oh, oh«, machte Theo wie Dustin Hoffman in *Rainman.* »Was sagst du dazu, Henry, ich gebe unserem Freund Peda die Gelegenheit, in aller Ruhe bei einem Glas Bier ein paar Dinge zu klären, und er redet von irgendwelchen fremden Leuten, die ihm das Leben schwer machen würden, wenn er nicht so ein sagenhaft sattelfester Prinzipienreiter wäre.«

Ich weiß nicht, wo er sie plötzlich herhatte, jedenfalls hielt Peter auf einmal eine Pistole in der Hand. Sein Kopf hatte die Farbe eines gekochten Krebses. Seine Hände zitterten. »Raus jetz!«, sagte er mit zitternder Stimme und wies mit der Pistole in Richtung Kneipentür. Auf seiner Brust glänzte der Sternzeichenanhänger.

»Weißt du, Peda, warum du nicht abdrücken wirst?«, fuhr Theo unbeirrt fort. »Aus dem gleichen Grund, weshalb du nicht wolltest, dass deine Freunde mich am Samstag fertig machten: Muffengang, mein Bester, du hast die Hosen voll!«

»Quatsch nich!« Er streckte den Arm aus und zielte direkt auf Theos Stirn.

»Warum willst du dir nicht einfach mal anhören, was mein Freund von dir will? Vielleicht kommst du dann zu dem Schluss, dass das ganze theatralische Getue völlig überflüssig ist.«

Peter sah mich an.

»Was wissen Sie über Agnes Brzyska?«, fragte ich.

»Agnes wat?«

»Brzyska!«

»Noch nie jehört.«

»Ich weiß aber, dass sie hier war.«

»Hör sich eener den kleenen Schlaumeier an! Denkste, ick schreib mir von jedem meiner Gäste den Namen uff?«

»Und ihren Bruder, Andrzej Pszoniak, kennen Sie natürlich auch nicht, obwohl er hier vor Ihrem Lokal niedergestochen wurde!«

»Du kannst Namen sagen, Schlaumeier! Wat kann ick dafür, wenn sich die Pollacken gegenseitig niedermachen.« Er schüttelte unwillig den Kopf. »Ick kenn keenen und jetz raus hier!«

»Sie haben eine polnische Kellnerin?«

»Na und, is dit verboten?«

Blitzschnell hatte Theo sich gebückt und seinen Schädel in Peters Wanne gerammt, sodass sie beide zu Boden gingen. Ein Schuss löste sich und Putz rieselte von der Decke. Theo rappelte sich hoch und hob die Pistole auf. »Mensch, die ist ja geladen!«, sagte er ärgerlich, zog das Magazin raus und warf die Waffe in einen Papierkorb. Das Magazin steckte er sich in die Tasche. Peter lag noch auf dem Fußboden, krümmte sich und rang nach Luft.

Ich stand mit weichen Knien in der Tür und wusste nicht, was ich tun sollte. »Alles in Ordnung?«, fragte ich. Mehr brachte ich im Augenblick nicht heraus.

Theo nickte und öffnete sperrangelweit die Pforten zu seinem Riechkolben. »Mach uns schon mal was zu trinken! Ich kümmere mich um unseren Helden hier.« Er bückte sich zu dem japsenden Wirt. »Na los, hoch mit dir!«

Während ich zwei Biergläser vorwiegend mit Schaum füllte, dachte ich daran, dass jemand den Schuss gehört haben könnte und es vielleicht klüger wäre, so schnell wie möglich zu verschwinden.

»Du hoffst wohl, dass von deinem Knallbonbon irgendwer aufgeweckt wurde – was?«, hörte ich Theo nebenan sticheln. »Mein lieber Peda, da irrst du dich aber gewaltig. Niemand wird auch nur einen Finger krumm machen, um dir zu helfen. Du musst heutzutage schon ein ganzes Magazin leer schießen, damit jemand die Polizei ruft. Wir leben in Berlin und nicht in Klein-Siemen. Hier knallt's doch ständig irgendwo. Wen kümmert's?«

Ich hoffte, dass Theos Theorie aufging, und füllte noch etwas Schaum in die Gläser. Mein Blick fiel auf die Kneipentür, die noch immer nicht abgeschlossen war, wie ich wusste. Vorsichtshalber ließ ich die Jalousie ganz runter.

»Oh, oh«, machte Theo, als er Peter am Kragen in den Schankraum bugsierte und den von mir abgefüllten Bierschaum sah. »Das kann unser Freund aber besser – stimmt's?« Er stellte Peter vor die Zapfsäule. »Und während wir ihm dabei zusehen, sind wir ganz Ohr.« Theo nickte dem Wirt ermutigend zu wie ein Trainer, der seinen Schützling nach einem verunglückten ersten Durchlauf zum zweiten Mal ins Rennen schickt.

Zu meiner Verwunderung holte Peter tatsächlich zwei Gläser aus dem Regal und fing an, Bier zu zapfen. Die Farbe war ganz aus seinem Gesicht gewichen. Sein dünnes Haar klebte an seiner Stirn, Schweißperlen glänzten auf der Oberlippe und seine Hände zitterten. Die vertraute Tätigkeit schien ihn etwas zu beruhigen. Aber von seinem Draufgängertum hatte er sich für diesen Abend wohl endgültig verabschiedet. »Wie hieß die Dame doch gleich?«, fragte er zaghaft, während er ausdruckslos auf die Schaumkronen starrte.

»Langsam werde ich wirklich ungemütlich«, polterte Theo los. Er hatte sich inzwischen vor den Tresen gesetzt und rollte einen Bierdeckel auf der blanken Tischplatte hin und her. »Du weißt genau, um wen es geht. Wenn du weiterhin den Idioten spielen willst, sag's gleich. Dann komm ich rum und zeig dir mal, wie dein Spülbecken unter der Wasseroberfläche aussieht. War das deutlich genug?«

Theos Drohung ergänzte sich jetzt auf das Wunderbarste mit Peters drucksiger Servilität. Ich war nur noch Zuschauer, der Mann im Hintergrund, der da war, falls die beiden sich ineinander verbeißen sollten.

»Pawel hat se besorgt.«

»Was heißt ›besorgt‹? Vielleicht beim Sommerschlussverkauf?«

»Ick muss 'n bisschen ausholen.« Peter stellte Theo und mir ein Bier hin.

»Auf das Ausholen!«, sagte Theo und trank die Hälfte in einem Zug.

»Ick hab die Kneipe jetz seit fuffzehn Jahren. Aber seit die hier die Grenze uff- und Hauptstadt jemacht haben, is nüscht mehr normal. Verstehste? Ick bezahl jetz fünfmal so viel Miete wie vorher. Dit fehlte nich viel und ick hätte die Kneipe dichtmachen müssen. Nach fuffzehn Jahren!« Er bekam langsam wieder Farbe im Gesicht.

»Komm zur Sache, Peda!«

»Eines Tages taucht Pawel hier uff mit 'ner *BZ* in der Hand – da war so 'n Artikel über Mietwucher und Zerstörung im Kiez, wo ick ooch befragt wurde –, taucht hier also uff und sagt, er hätte 'n Jeschäft für mich, wobei ick janz schön absahnen könnte. Ick dachte mir, Finger weg, Peda, der Typ is nich koscher! Aber er kam immer wieder und es ging mir nich gerade besser. Und irgendwann dacht ick, ick kann's mir ja wenigstens mal anhörn.«

Theo trank sein Bier aus und Peter nahm ihm sofort das leere Glas aus der Hand, spülte es und begann erneut, es zu füllen.

»Dass er 'n Ausländer war, hatte ick ja schon jemerkt. Na schön. Erzählt er mir also, dass er Kontakte zu tschechischen Ärzten hat, die Abtreibungen machen, zu Zahnärzten, die für 'n Appel und 'n Ei Jebisse herstell'n, und dass es viele Frauen in Polen jibt, die deutsche Männer heiraten woll'n. Verstehste? Ick sollte sozusagen für 'ne jute Provision Kunden ranzieh'n in meiner Kneipe. Sag ick: Abtreibung fällt flach, hier jibt dit keene Frauen, die dafür infrage kämen. Ooch die Jebisse sind nüscht. Weeß ick, wat die Tschechen da zusammenschustern, keene Garantie und nüscht, und ick verliere dann, wenn sich dit rumspricht, meene Kunden. Nee, nee! Aber mit die Mädels, da könnten wir vielleicht ins Jeschäft kommen. Hier jibt dit nämlich 'ne Menge Männer, die keene Frau haben und jerne nich mehr alleene sein wollen. Die deutschen Weiber werden ja ooch immer anspruchsvoller. Sag ick also zu Pawel: Jut, ick hör mich mal um, aber eens muss von Anfang an klar sein: Keene Mafia und keene Prostitution. Ick bin keen Zuhälter, ick betreibe nur nebenbei 'ne kleene Partnervermittlung.«

Ich musste lachen. »Keine Prostitution! Sie haben also nur Brieffreundschaften vermittelt und Geld spielte überhaupt keine Rolle.«

»Ick habe nur an Bekannte vermittelt, daraus sind jlückliche Ehen hervorjejangen. Die Kristina, meene Kellnerin, kennt ihr ja. Manchmal hat's ooch nich jeklappt, aber dit is normal. Und bezahlen muss man überall, ooch wenn man hier jemanden sucht. Seh ick vielleicht aus wie 'n Unterweltking?«

Nein, ich musste zugeben, wenn ich an sein Büro dachte und ihn ansah in seinem verschwitzten Hemd – so sah er nicht aus.

»Schön ruhig bleiben, Peda!«, sagte Theo und bekam sein Bier. Er nickte dem Wirt zu, bevor er seine Nase wieder ins Glas steckte.

»Wann kommt Agnes ins Spiel?«, fragte ich.

»Nach 'nem halben Jahr«, fuhr Peter fort, »wurde Pawel unzufrieden. Ick hab nur 'ne kleene Kneipe und hauptsächlich Stammkundschaft. Da war dit Interesse bald erschöpft.«

»Außer bei meinem Freund Siggi!«, sagte Theo.

»Siggi is 'n Kapitel für sich.« Peter winkte ab. »Jedenfalls hat Pawel ohne meen Wissen Annoncen in die Zeitung jesetzt – mit meener Telefonnummer: Polnische Mädchen suchen deutsche Männer, jedet Alter, seriöse Kontakte, Pipapo. Ick bin natürlich ausjerastet, kannste dir ja vorstell'n. Aber Pawel fing an, mir zu drohen. Wenn ick nich mache, wat er sagt, kann's passieren, dass ick einfach mal 'nen Unfall habe – lauter solche Sachen. Da hab ick dann die Kontakte herjestellt, wenn die Kerle hier anjerufen haben. Na ja, und eenes Tages kreuzt hier Pawel uff mit ’ner polnischen Frau und ’nem Kind und is ziemlich nervös. Dit war dit erste Mal, dass er mit eener von seinen Frauen hierher jekommen is. Irjendwat war schief jelaufen. Dann telefonierte er und ick kriegte mit, dass er den Mann, für den die Polin mit dem Kind war, nich jetroffen hatte. Und ick erinnerte mich an eenen, der unbedingt ’ne Frau mit ’nem Kind wollte. Unjefähr nach ’ner halben Stunde fuhr hier ’n dicker Benz vor und holte sie ab.«

»Wie hieß der Mann und wie sah er aus?«, wollte ich wissen.

»Er hieß Udo und irjendwat mit -mann, Neumann, Lehmann oder so. Ick hab ’n schlechtet Jedächtnis für Nachnamen, weil hier jeder mit seinem Vornamen anjeredet wird. Und jesehen hab ick ihn ooch nich. Er blieb in seinem Auto sitzen.«

»Denken Sie ganz genau nach! Sie haben doch sicher ein Adressbuch, wo Sie nachsehen können.«

Er schüttelte den Kopf.

»Denk nach, Peda!« Theo erhob drohend den Zeigefinger.

»Wirklich nich. Pawel hat beim letzten Mal alles einkassiert.«

»Wann war das?«

»Letzte Woche, als der polnische Bengel hier war. Ick war natürlich froh, weil ick dachte, dann hat dit endlich ’n Ende, ick konnte ja nich vorausseh’n, wat passiert.«

»Was ist denn passiert?«

»Also eenen Tag, nachdem Pawel mit der Frau und dem Kind da war, kam die Frau wieder hierher, diesmal ohne Kind, und wollte unbedingt Pawel sprechen. Sie war ziemlich uffjeregt und hat mit der Polizei jedroht. Also ruf ick an. Nach ’ner Stunde kamen Pawel und een anderer in ’nem weißen BMW und die beiden haben sie hier abjeholt. Zwee Tage später, ick hatte noch jar nich jeöffnet, tauchte dieser polnische Bengel in der Kneipe uff und krakeelte rum wie ’n Blöder. Ick also wieder anjerufen. Und Pawel kam wieder mit dem weißen BMW. Der andere Typ blieb auch dieses Mal in der Karre. Der Knabe stieg ein, aber die fuhr'n nich los. Ick hab immer rausjekieckt, konnte jedoch nüscht erkennen, der Wagen hatte so schwarz jetönte Scheiben. Nach 'n paar Minuten stieg Pawel wieder aus und kam hier rinnjerannt. ›Wo sind die Unterlagen?‹, schrie er. ›Adressen, Fotos von Mädchen, Telefonnummern, alles!‹ Wie jesagt, ick war froh, dit Zeuch loszuwerden und endlich nüscht mehr damit zu tun zu haben. Bevor er ging, drohte er mir noch: ›Ein Wort zur Polizei – und du bist tot!‹ Dann rannte er zum Auto, mit quietschenden Reifen fuhren sie los und waren schon um die Ecke, als ick den Bengel uff'm Pflaster liegen sah. Der hat jeblutet wie 'ne Sau. Dann kamen ooch schon Leute, die sich um ihn jekümmert haben. Und ick hab die Bullen anjerufen. Gott sei Dank hat niemand jesehen, dass Pawel aus meiner Kneipe jekommen is. Seitdem hab ick nüscht mehr von ihm jehört.« Er klopfte dreimal auf das Holz seines Tresens.

»Ich bin stolz auf dich«, sagte Theo, streckte den Arm aus und klopfte Peter auf die Schulter.

»Wat habt ihr 'n eigentlich vor, ihr seid doch keene Bullen, oder wat?«

»Keine Sorge. Wir kämpfen privat gegen das Schlechte in der Welt und du hast uns dabei geholfen!«

Peter lächelte versonnen. Vielleicht dachte er darüber nach, ob diese gute Tat seine Sünden der letzten Wochen und Monate aufwiegen konnte. Er sah nicht so aus, als wäre er sich ganz sicher.

»Haben Sie von einem der beiden Autos das Nummernschild erkannt?«, riss ich ihn aus seinen Gedanken.

»Der BMW war, gloob ick, 'n Frankfurter«, antwortete er beflissen. »Bei dem andern weeß ick nich.«

»Am Main oder an der Oder?«

Er sah mich verständnislos an. »Weeß ick, wat die Ostler für Nummern haben!«

»Na, na«, sagte Theo. »Du wirst uns doch nicht zu guter Letzt noch erzählen, du willst deine Mauer wiederhaben.«

Peter verkniff sich eine Antwort. Wir tranken unser Bier aus und mechanisch spülte er unsere Gläser.

Theo legte das Magazin der Pistole und einen Fünfzigmarkschein auf die Theke. »Peda, du hast dir ganz schön die Finger verbrannt und du weißt: Die Haut ist nachtragend! Da nützt es kein bisschen, sich hinterher die Hände im Spülwasser rein zu waschen. Geh mit dir selbst ins Gericht! Lies die großen Moralisten vergangener Tage! Bemühe dich um feste Grundsätze für ein sittliches Handeln und lasse dich durch nichts und niemand auf der Welt davon abbringen! Versprichst du mir das?«

Peter sah ihn mit weit aufgerissenen Augen an.

Im Auto redeten wir nicht viel miteinander. Theo telefonierte und ich dachte darüber nach, ob Peter die Wahrheit gesagt hatte oder ob er jetzt schon Pawel anrief und ihn über unseren Besuch ins Bild setzte. Sicher hatte er seine Rolle etwas verniedlicht und schöner geredet, als sie in Wirklichkeit war, aber ein doppeltes Spiel zu spielen und einen großen Theaterabend zu geben, das traute ich ihm eigentlich nicht zu. Vor allem beschäftigte mich jedoch die Frage, ob ich Oeser und Bönninghaus endlich alle Karten auf den Tisch legen sollte oder nicht. Obwohl ich wusste, dass es das Vernünftigste war, erfand ich fadenscheinige Argumente dagegen, zum Beispiel das Leben des gekidnappten Kindes nicht aufs Spiel setzen zu wollen, Peters Informationen erst mal überprüfen zu müssen und dergleichen mehr. In Wahrheit war jedoch alles ganz einfach: Es war endlich Handlung in mein Leben gekommen, und die wollte ich nicht so ohne weiteres wieder aufgeben. Ich fürchtete mich davor, den Boden unter den Füßen zu verlieren und mich erneut in einem Netz aus ungeklärten Verhältnissen wiederzufinden, dort zu sein, wo ich vor all dem war. Ich beschloss, darüber zu schlafen.

Theo setzte mich bei sich ab und fuhr weiter zu seinen Verabredungen. Er wirkte zerstreut, als wir uns verabschiedeten. Einer der Anrufe hatte ihn wohl beunruhigt. Ich sah den Rücklichtern seines Wagens nach, bis er in die Invalidenstraße einbog. Er war ein Nachtvogel geworden. Was wusste ich eigentlich von ihm, außer dass er wirklich ein Freund war?

Mein Mann, das Schwein!

Im Korridor kam mir Konrad entgegen. Aus seinem Zimmer drang der Geruch von Gras und gedämpftes Gekicher. Jim Morrison besang das Ende der Nacht.

»Hi!«, begrüßte er mich grinsend. »In Marcs Zimmer wartet eine Überraschung auf dich.« Er blieb vor seiner Tür stehen und sah mir gespannt hinterher.

»Konni, wo bleibst'n? Wir sind gleich fertig!«, rief einer aus seinem Zimmer.

»Sofort!«, sagte er.

Zuerst roch ich ein Parfüm, das mir nicht ganz unbekannt vorkam, dann sah ich im Licht, das aus dem Korridor in das Zimmer fiel, fremde Sachen auf dem Fußboden liegen: hochhackige Damenschuhe, eine Handtasche und einen Koffer, über den ein schwarzes Kleid geworfen worden war. Auf Marcs Matratze lag Hannah und schlief. Ich zog die Tür wieder zu.

»Sie hat vor ein paar Stunden hier angerufen.« Konrad zuckte mit den Schultern. »Und sie hörte sich nicht gerade so an, als ob sie besonders gut drauf wäre. Theo war natürlich nicht zu Hause, auch sonst niemand. Da hab ich gedacht, bevor sie völlig durchdreht, wäre es besser, wenn sie hier auf ihn wartet.« Stolz und Hanf ließen seine Augen glänzen.

Im Spiegel sah ich uns beide vor dem Neonröhrengesicht stehen. Es sah aus, als würde es sich über uns lustig machen.

Ich klopfte Konrad auf die Schulter. »Weiß sie, dass ich hier bin?«

Er nickte. »Sie hat wohl irgendwas von deinen Sachen erkannt.« Das Leinenhemd, dachte ich.

»Danach ging es ihr etwas besser. Auch der Stoff ist ihr ganz gut bekommen.«

»Sie hat mit euch geraucht?«

»Nicht viel, sie ist bald eingeschlafen. Ich habe sie dann rübergetragen.«

Dann war er es also, der ihr das Kleid ausgezogen und über den Koffer gelegt hatte.

»Willst du dich noch ein bisschen zu uns setzen?«

»Ein andermal«, sagte ich. »Ich bin ziemlich abgelaufen.«

Marcs Matratze war nicht gerade sehr breit und Hannah lag genau in der Mitte. Ich nahm das Kleid zur Seite, setzte mich auf ihren Koffer und rauchte am offenen Fenster eine Zigarette. Hannah atmete tief und gleichmäßig. Im Hintergrund rauschte die Stadt. Ich dachte an unseren Ausflug zu dritt nach Mecklenburg, 1985 oder 86, kurz nach dem Abitur. Auf halber Strecke hatte Theo es geschafft, den Wartburg von seinem Vater in einen Graben zu fahren. Hannah stellte sich an den Straßenrand und hielt Autos an, doch jedes Mal, wenn wir beide aus dem Gebüsch gesprungen kamen, fuhren sie wieder los. Auf einem matschigen Campingplatz am Jasmunder Bodden schliefen wir zu dritt in einem Zelt. Manchmal war ich wach geworden, weil Theo und Hannah ziemlich heftig atmeten, ein paarmal mussten wir aufpassen, dass wir Theo nicht störten. Und obwohl wir natürlich voneinander Bescheid wussten, haben wir nie darüber gesprochen. Von Hannah ging damals eine Unbeschwertheit aus, der man sich schwer entziehen konnte. Jetzt lag sie mit verwischtem Make-up, die Haare im Gesicht, auf der Matratze und hatte Probleme.

Als ich aufwachte, tat mir der Rücken weh. Ich lag auf dem Fußboden in voller Montur und Hannah zerrte an mir herum.

»Komm schon«, sagte sie, als sie sah, dass ich wach war. »Oder soll ich mir einen Bruch heben?«

Noch halb benommen, hievte ich meine steifen Glieder zu ihr auf die Matratze. Es war schon hell. Ich sah auf die Uhr: halb neun.

»Du warst doch früher nicht so schüchtern«, sagte sie und legte ihren Arm um mich. Ihre Haut war warm und ihr Parfüm hatte sich mit ihrem Körpergeruch vermischt. Ich strich ihr übers Haar und es waren nicht nur Erinnerungen, an die ich dachte. Plötzlich merkte ich, wie sie anfing, sich immer fester an mich zu pressen.

»Hannah!«

Sie ließ nicht los. Dafür zitterte sie jetzt auch noch am ganzen Körper.

»Hannah!« Ich richtete mich auf und befreite mich aus ihren Armen. »Was ist los mit dir?«

Sie vergrub ihr Gesicht im Kopfkissen und bekam einen Heulkrampf.

»Vielleicht solltest du mir einfach erzählen, was du hast.«

Aber sie schüttelte nur den Kopf, das Gesicht noch immer im Kissen, was mich für einen makaberen Augenblick an den Tod von Agnes erinnerte. Ich dachte, wenn sie jetzt durch irgendeinen Zufall erstickte, würde niemand mehr daran zweifeln, dass ich ein Doppelmörder war und höchstwahrscheinlich sogar noch ein paar mehr Leichen im Keller hatte. *Henry – Portrait of a Serial Killer.* Röntsch hätte seine Schlagzeile.

Ich versuchte, Hannah zu beruhigen.

Irgendwann drehte sie sich um und sagte: »Mein Mann ist ein Schwein, das ist alles.« Dann stand sie auf, holte sich ein Zellstofftaschentuch aus ihrer Handtasche und wischte sich ihre Tränen und den zerlaufenen Rest ihrer Schminke aus dem Gesicht.

Mit glasigen Augen gelang ihr ein Lächeln. »Ich habe Hunger. Henry, wie wär's mit einem Frühstück?«

»Sofort«, sagte ich und war froh über ihren abrupten Stimmungswechsel. Obwohl ich gerne noch etwas mehr erfahren hätte, verkniff ich mir jede weitere Frage. Die Nachricht über ihren Mann war für mich nicht gerade eine Neuigkeit. Neu war nur, dass sie aus ihrem Mund kam. Mein

Interesse galt dem Auslöser für diesen Erkenntnisprozess. Aber ich musste mich wohl noch ein bisschen gedulden.

Während ich das Frühstück machte, nahm Hannah ein Bad. In der Wohnung war es ungewöhnlich ruhig. Philip und Peter waren höchstwahrscheinlich nicht zu Hause oder sie schliefen. Theo ebenfalls. Ich musste aufpassen, dass die Toasts nicht anbrannten. Als Hannah aus dem Bad kam, war ich fast fertig. Der Kaffee lief noch durch die Maschine. Sie sah blass aus ohne Schminke, aber sie schien sich wieder einigermaßen beruhigt zu haben. »Du bist ein Schatz«, sagte sie und gab mir einen Kuss.

»Fang schon an, du brauchst nicht auf mich zu warten«, sagte ich, bevor ich ins Bad ging. Während ich mir die Zähne putzte und darüber nachdachte, ob ich den Rasierapparat, den ich für Theos hielt, benutzen sollte, um meinen Vier- oder Fünf-Tage-Bart abzurasieren, hörte ich Hannah in der Küche lachen. Ich verzichtete aufs Rasieren.

Leo stand mit wedelndem Schwanz vor Hannah, die Vorderpfoten auf ihren Schenkeln, und ließ sich das Fell kraulen. Konrad saß daneben und sah ihnen zu, und was er sah, schien ihm zu gefallen. Sie waren so sehr mit sich beschäftigt, dass sie mich zuerst gar nicht bemerkten. Erst als ich fast neben ihm stand, blickte Konrad auf. »Ach, hallo!«, sagte er, nahm seine FAZ von dem Stuhl neben sich und legte sie auf den Tisch.

»Kannst du die bitte wegtun«, sagte Hannah. »Von allem, was mich an Frankfurt erinnert, wird mir schlecht.«

Frankfurt! Das erinnerte mich an letzte Nacht. Der weiße BMW, sagte Peter, hatte ein Frankfurter Kennzeichen. Wahrscheinlich war es wirklich das Beste, wenn ich gleich nach dem Frühstück Oeser anrief. Zumal ich mich jetzt auch noch um Hannah kümmern musste.

Momentan kümmerte sich jedoch Konrad um sie. Er litt nicht gerade unter einem Minderwertigkeitskomplex, wenn es darum ging, sich ins Zeug zu legen. »Du hattest wirklich großes Glück, dass *ich* gestern ans Telefon gegangen bin«, sagte er gerade, als ich wieder zuhörte, und produzierte ein Dauerlächeln in Hannahs Richtung, das mehr über ihn verriet, als er wahrscheinlich zugeben würde. »Meine liebenswerten Mitbewohner haben wenig Gespür für Notsituationen. Die sind Tag und Nacht damit beschäftigt, ihren Spaß zu haben und nebenbei den Arsch an die Wand zu kriegen. Vor allem nachts. Theo ist sowieso kaum zu Hause.«

Hannah beugte sich zu Leo, der neben ihren Füßen lag und auf sein zweites Frühstück wartete, und zwinkerte mir zu, sodass Konrad es nicht sehen konnte. Insgeheim, glaubte ich, genoss sie jedoch das Interesse, das ihr der struppige, junge Mann in Schwarz und sein ebenso schwarzer und struppiger Hund an diesem Morgen entgegenbrachten.

»Ist Theo inzwischen wieder da?«, unterbrach ich Konrads Süßholzgeraspel.

»Er kam gegen acht hier reingeschlichen wie der Tod von Basel. Philip und Peter sahen nicht besser aus. Die werden bestimmt bis zum Mittag schlafen. Gott sei Dank!« Dann holte er unvermittelt aus zu einem Rundumschlag gegen debile Raver, autistische Computerfreaks, naive Studiengenossen und eine Gesellschaft, die solche Kreaturen in Massen gebar – wobei er Hannah nicht eine Sekunde lang aus den Augen ließ.

Ich beschloss, die beiden sich selbst zu überlassen und mich doch zu rasieren. Als ich aus der Küche ging, hörte ich noch, wie er Hannah erklärte, dass er mit den Frauen seines Alters nichts anfangen könne. »Deine Mutter war wohl immer besonders lieb zu dir«, bemerkte Hannah spitz.

Theos Rasierwasser brannte mir noch auf der Haut, während ich Oesers Nummer wählte. Nach dem dritten Freizeichen meldete sich jedoch eine andere Stimme, als ich erwartet hatte: »Röntsch!«

»Würden Sie mir bitte Ihren Chef geben«, sagte ich, nachdem ich mich von meiner Überraschung erholt hatte.

»Ach, Palmer, womit wollen Sie mir denn heute wieder den Tag verderben?«

»Keine Angst, mit nichts, wenn es Ihnen nichts ausmacht, Oeser an den Apparat zu holen.«

»Für Sie immer noch *Herr* Oeser! Aber ich muss Sie leider enttäuschen, der Hauptkommissar ist im Augenblick sehr beschäftigt, ich glaube kaum, dass ich ihn stören kann. Sie müssen also mit mir vorlieb nehmen.«

»So, muss ich?!«, sagte ich und legte auf.

Als ich das Telefon zurückbrachte, stand Hannah vor dem Spiegel und malte sich die Lippen rot. »Hast du Lust auf einen Stadtbummel? Ich muss mir ein paar Sachen besorgen.«

»Wenn Konrad und Leo nicht mitkommen ...«

Hannah lachte. Sie brauchte aber noch eine halbe Stunde, bis sie so weit war. Ich blätterte indes in der FAZ, die Konrad auf dem Küchentisch liegen gelassen hatte: der Streit um die Reichstagskuppel. Büchner-Preis für Durs Grünbein. Die Rolling Stones in Deutschland. Erhöhte Ozonwerte.

Als wir losgingen, sah Hannah aus, als wäre seit unserer letzten Begegnung nichts passiert. Sie trug eine weite Leinenhose und eine ärmellose Bluse, deren spitze Enden über ihrem Bauchnabel zusammengeknotet waren, Schuhe mit schrägen Absätzen und eine schwarze Sonnenbrille, die sie sich über die Stirn geschoben hatte. Dazu ihr knallrotes Lächeln, das so unbeschwert wirkte, als wäre es aus einem Werbespot für Cabriolets.

Wir stiegen am Bahnhof Friedrichstraße in die S-Bahn ein und am Zoo wieder aus. Weil er ihr Leid tat, hatte Hannah auf der Fahrt einem stilecht mit Schmuddeljeans, Zahnlücke und Sprachfehler ausgestatteten Handverkäufer für zwei Mark das Obdachlosenmagazin *Platte* abgekauft. Auf dem Bahnhof warf sie es ungelesen in einen Papierkorb. »Passt nicht mehr in die Handtasche«, sagte sie schuldbewusst, obwohl ich ihr gar keinen Vorwurf gemacht hatte, und versteckte sich hinter ihrer Sonnenbrille.

Bei *Peek & Cloppenburg* kaufte sie sich eine Jeans (auf mein Anraten eine Nummer enger, als ursprünglich vorgesehen), mehrere T-Shirts und einen weinrot-weiß-gemuschelten *Levis*-Rollkragenpullover, der zu ihrem Lippenstift passte. Mir wollte sie in der obersten Etage ein naturfarbenes Leinenjackett für fünfhundert Mark verpassen, wogegen ich jedoch Einspruch erhob: »So etwas tragen fünfundvierzigjährige Kulturredakteure mit Hängebauch und Hang zu Handke oder silbergraue Psychotherapeuten, die ihre Vertrauensstellung missbrauchen. Außerdem ist das viel zu teuer.«

Aber sie blieb hartnäckig. »Sieh dich doch mal an, Henry! Dich würde niemand nachts nach dem Weg fragen. Du hast wirklich etwas Neues nötig.«

Sie schob mich vor einen Spiegel. Meine Jeans waren nicht die neuesten, okay, aber gerade deshalb mochte ich sie; das schwarze T-Shirt hatte ich erst vor zwei Monaten gekauft und an meinem vielleicht etwas ausgebeulten Secondhandsakko war nichts zu sehen, was nicht mit einer Fusselrolle oder einer Kleiderbürste – beides Dinge, die ich nicht besaß – entfernt werden konnte.

»Mach dir um das Geld keine Gedanken«, sagte sie und steuerte bereits mit dem Jackett in der Hand auf die Kasse zu. »Zu irgendetwas muss es ja gut sein, dass ich genauso heiße wie das Arschloch Grimm.«

»Ändere lieber wieder deinen Namen«, sagte ich und versuchte, sie aufzuhalten.

»Später, erst mal plündern wir noch ein bisschen Grimms Konto.«

Ich nahm ihr das Jackett ab, während sie in ihrer Handtasche nach der Plastikkarte kramte, und hängte es wieder auf einen Ständer. »Vielen Dank«, sagte ich. »Ich weiß das wirklich zu schätzen, aber wenn du unbedingt Grimms Geld ausgeben willst, wie wär's, wenn wir beide jetzt etwas essen gingen? Dir beim Einkaufen zuzusehen, macht nämlich ziemlich hungrig.«

Sie schmollte ein wenig, doch in der Parfümabteilung vom *KaDeWe* besserte sich ihre Stimmung wieder. Wir schnüffelten uns gemeinsam durch *Chanel*, *Joop!*, *Alamo*, *Bogner*, *Davidoff* und wie sie alle heißen. Hannah entschied sich für eine extragroße Abfüllung *Coco Chanel*, ich bekam *Minotaure* von *Paloma Picasso.* Und wieder waren knapp fünfhundert Mark von Grimms Konto verschwunden.

»Wie kam es eigentlich zu deiner Heirat mit Grimm?«, fragte ich sie in einem chinesischen Restaurant in der Nähe vom Savignyplatz.

Sie verzog das Gesicht, als hätte ich etwas Unappetitliches gesagt, und schob ihren Teller mit Hühnersuppe beiseite. »Ich hatte ein Problem«, sagte sie, nachdem sie an ihrem Weinglas genippt, sich eine Zigarette angesteckt und eine Weile ins Leere gestarrt hatte. »Mit zwanzig mag es ja noch ganz witzig sein, sich mit Jobs über Wasser zu halten, rumzureisen, irgendetwas zu suchen, von dem man gar nicht weiß, was es ist. Wenn man auf die dreißig zugeht, wird es jedoch langsam ein bisschen öde. Seitdem ich aus dem Osten weg war, hatte ich eigentlich keine Perspektive mehr. Der Westen war wohl meine Hoffnung gewesen, aber er war es nur so lange, wie ich im Osten war. Natürlich habe ich ein paar Sachen ausprobiert ...« Sie zuckte mit den Schultern, als lohne es nicht, darüber zu reden.

Die asiatische Kellnerin räumte die Suppenschälchen ab und servierte die Hauptgerichte: gebackene Großgarnelen mit chinesischen Pilzen, Bambus, Morcheln und Glasnudeln sowie *Ente Sezuan* und gebratener Eierreis mit Krabben.

Obwohl alles ziemlich köstlich war, stocherte Hannah nur lustlos mit den Stäbchen auf ihrem Teller herum. »Ich war gerade neunundzwanzig geworden und arbeitete nachts in einer Bar. Kann sein, dass du das nicht verstehst, aber in dem Moment, als ich Ulrich Grimm kennen lernte, hatte ich das Gefühl, einen Halt zu finden. Er wirkte seriös und ernsthaft, ganz anders als die Typen, mit denen ich normalerweise zusammen war. Durch den Erfolg, den er hatte, strahlte er eine gewisse Gelassenheit aus. Du wirst es vielleicht nicht glauben, aber wenn er etwas getrunken hatte, konnte er sogar richtig witzig sein.«

Ich konnte es nicht glauben.

»Leider trank er fast nichts.« Wir mussten beide lachen. »Und ich hatte diesen Satz gelesen, ich weiß nicht, von wem: ›Ein Idiot ist jemand, der nicht weiß, was auf lange Sicht für ihn wichtig ist.‹ Ich fand, ich war lange genug eine Idiotin gewesen.« Sie lächelte resigniert. »Dabei war ich gerade im Begriff, das Idiotischste zu tun, was ich je in meinem Leben getan hatte. Ich machte mir selbst etwas vor, sodass ich gar nicht bemerkte, wie viel mir Grimm vormachte. Mit seiner Seriosität war es nämlich nicht weit her. Aber auch sonst war es natürlich die reine Idiotie anzunehmen, einen erfolgreichen Mann zu heiraten, könnte helfen, das eigene Leben erfolgreich in den Griff zu kriegen.« Sie schüttelte den Kopf und starrte auf die Stäbchen, die sie in der rechten Hand hielt, als wüsste sie nichts damit anzufangen.

»Und nun?«, brach ich das Schweigen. »Was willst du tun?«

»Essen«, sagte sie. »Bevor alles kalt wird.«

Danach besuchten wir noch ein paar Schuhläden und Boutiquen am Ku'damm. Grimm musste bluten. Und ich merkte, dass es nicht gerade zu meinen Lieblingsbeschäftigungen zählte, mit einem Haufen Plastiktüten in der Hand durch die Straßen zu laufen. Deshalb schlug ich Hannah vor, ein Taxi zu nehmen. Aber zu meinem größten Erstaunen, schließlich hätte es Grimms Geld gekostet, sagte sie: »Ach komm, da drüben ist schon die Haltestelle, ich bin so lange nicht mehr mit einem Doppelstockbus gefahren.«

Also quetschten wir uns mit all den Tüten die enge Treppe hinauf in die obere Etage des 100er-Busses. Hannah sah die ganze Zeit aus dem Fenster. Hinter dem Brandenburger Tor standen wir trotz Busspur eine Weile im Stau. Als sie vor dem Lustgarten die holländischen Grachtendampfer, mit denen man einstündige Berlin-Rundfahrten machen konnte, in der Spree liegen sah, sagte Hannah: »Das ist ja hier wie in Amsterdam.«

»Nur die Dampfer«, sagte ich. »Nur die Dampfer.«

In der Mollstraße stiegen wir um in die Straßenbahn. Ich spürte, dass mich Hannahs Einkaufsmarathon ganz schön geschlaucht hatte. Sie selbst schien auch etwas kaputt zu sein. Jedenfalls legte sie, nachdem wir zwischen den ganzen Tüten auf einem Doppelsitz Platz gefunden hatten, ihren Kopf auf meine Schulter.

Durch das Fenster sah ich verstopfte Kreuzungen und Baustellen. Die ganze Stadt, schien mir, bestand aus verstopften Kreuzungen und Baustellen – und Fußgängern, die sich zwischen Bauzäunen und Stoßstangen einen Weg bahnten und jede Menge Staub und Abgase einatmeten. Die Sonne schien schräg über das Baugerüst am Rosa-Luxemburg-Platz. An der Ecke zur Schönhauser Allee entstand ein weiteres Gebäude mit Büroräumen, die keiner brauchte. Hannah hatte die Augen geschlossen.

Am Rosenthaler Platz betrachtete ich das Haus zwischen Kastanienallee und Brunnenstraße, in dem früher einmal ein An- und Verkauf gewesen war – die Kreuzung war selbstverständlich verstopft und die Ampel Rot. Dort hatte ich etliche Stücke für meine Ersteinrichtung erstanden – das Sofa und der schwere Eichenholzschreibtisch gehörten dazu, ebenso meine graue *Erika*-Schreibmaschine, auf der ich trotz des klemmenden Rs noch immer herumhackte. Jetzt verhökerte Beate Uhse in den Räumlichkeiten ihre Spanischen Fliegen und Drei-Stufen-Vibratoren.

Eine Straßenbahn, die in die Gegenrichtung fuhr, hielt neben uns. Ich musterte die Gesichter, die vor sich hin oder in Zeitungen starrten oder wegschauten, sobald sich Blicke trafen. Plötzlich bemerkte ich eine Frau mit kurzen Haaren, die mich ansah, und einen Mann mit langen Haaren, der mich ebenfalls ansah, und obwohl es albern war, hätte ich am liebsten die Augen geschlossen, wie ein Kind, das glaubt, unsichtbar zu sein, wenn es selbst nichts sieht. Aber ich war dreißig Jahre alt und in dem Waggon gegenüber saß Carl, Anfang vierzig, Prenzlauer-Berg-Szene-Fotograf mit einem Patent für Punker und Ratten vor vergammelter Altbausubstanz. Er saß da und grinste und hatte seinen Arm um Nicole gelegt. Und auf einmal wusste ich, für wen am Samstag die Pizza mit Meeresfrüchten gewesen war. In Nicoles Gesicht glaubte ich all das zu erkennen, was ich selbst im Augenblick empfand: Erschrecken, Peinlichkeit, Wut, Enttäuschung. Ich wusste, sie starrte nicht nur mich an, sondern auch Hannah, die ihren Kopf noch immer gegen meine Schulter gelehnt hatte. Sie sah uns in einem wunderbunten Plastiktütenarrangement. Gott war ein Zyniker, ich wusste es, er hatte ein besonderes Vergnügen an unwürdigen Szenen. Aber er wäre nicht Gott, wenn er kein Erbarmen gehabt hätte mit einem Mann, der betete – auch wenn derjenige kein Christ war, sondern nur ein Gelegenheitsgläubiger. Die Ampel sprang um und unsere Straßenbahn ratterte rechts um die Ecke.

»Kanntest du die beiden?«, fragte Hannah, die offensichtlich doch nicht die ganze Zeit die Augen geschlossen hatte.

»Flüchtig«, sagte ich und ich spürte, dass es mir nicht gelang, so gleichgültig zu klingen, wie ich es gerne gehabt hätte.

Nebel

Theo kam uns im Korridor entgegen. Er umarmte Hannah und ich verzog mich gleich in Marcs Zimmer.

»Hast du was?«, fragte mich Hannah, als sie die letzten Einkaufsbeutel hereinbrachte.

Ich sagte ihr, dass ich müde sei und mich eine halbe Stunde ausruhen wollte. Daraufhin verließ sie leise das Zimmer. Draußen hörte ich sie mit Theo lachen.

Ich nahm mir die Flasche Whisky, die ich nach dem Zusammenstoß mit Röntsch gekauft hatte, sie war noch halb voll. Ich verzichtete darauf, mir ein Glas zu holen. Junge, dachte ich, nachdem ich ein paar Schlucke genommen hatte, wenn du so weitermachst, bist du auf dem besten Wege, ein Frusttrinker zu werden.

Denn frustrierend war es allemal, von jemandem ersetzt zu werden, der seine beste Zeit im vergangenen Jahrzehnt gehabt hatte. Wann war eigentlich meine beste Zeit? Sollte die etwa noch kommen? Dass die beste Zeit mit Nicole schon eine Weile zurücklag, war klar, trotzdem hatte es mir einen Stich versetzt, sie mit Carl in der Straßenbahn zu sehen – so zu sehen!

Ich trank noch einen Schluck. Vielleicht war es ja gar nicht so schlecht, dachte ich, ein kurzer Schreck und Schluss! Keine endlosen Krisensitzungen zu zweit, bei denen die Pausen immer länger wurden, kein feiges Taktieren der Gewohnheit zuliebe! Aber ich hätte mehr als eine halbe Flasche Whisky gebraucht, um das wirklich zu glauben. Vielleicht, dachte ich, hätten wir doch irgendwie ... Ich weigerte mich, einen Satz, der so anfing, zu Ende zu denken. Stattdessen legte ich eine von Marcs Kassetten in den Rekorder und drehte den Lautstärkeregler auf. Der harte Rhythmus schien jeden Gedanken zu erschlagen, den Rest besorgte der Alkohol.

Als ich aufwachte, war es stockdunkel. Hannahs Lachen war lauter als die Techno-Bässe, die jetzt, wie gewohnt, wieder von draußen kamen.

Außer Konrad und Leo, denen wahrscheinlich die Musik nicht gefiel, waren alle in der Küche versammelt. Hannah tanzte mit Philip und Peter vor der Spülmaschine, während Theo damit beschäftigt war, eine Sektflasche zu öffnen. Ich spürte einen leichten Schmerz hinter den Schläfen, als ich ins Helle trat und die Musik ungedämpft auf mich eindröhnte. Erst mal ein Aspirin, war mein erster und einziger Gedanke.

»Henry!«, rief Hannah, nachdem ich, noch immer blinzelnd, aus dem Bad gekommen war. »Wir gehen heute Nacht tanzen.«

Theo drückte mir ein Sektglas in die Hand. »Darauf, dass wir wieder zusammen sind«, sagte er und hob das Glas in Hannahs und in meine Richtung.

Ich sagte nichts, nickte nur und trank, obwohl ich wusste, dass ich davon Sodbrennen bekam.

Ich beobachtete, wie Peter und Philip sich zu umarmen versuchten, während sie tanzten, was nicht ganz gelang. Sie gerieten kurzzeitig aus dem Takt. Hannah wollte sich umziehen und verschwand für eine Weile in Marcs Zimmer. Als sie wieder herauskam, trug sie ein paar von den Sachen, die wir am Nachmittag eingekauft hatten: ein graues Stretch-Trikot, die Jeans und halbhohe Schnürschuhe mit starker Profilsohle.

Ich war noch immer nicht ganz munter und lief den anderen einfach nach.

Mit Theos Wagen fuhren wir durch einige dunkle Nebenstraßen. Ich schloss für einen Moment die Augen. Als ich sie wieder öffnete, erkannte ich vor uns die Charité. Ich musste sofort an Andrzej denken. Am liebsten wäre ich ausgestiegen und hätte ihn besucht. Aber dazu war es jetzt wohl zu spät. Ich sah die vielen dunklen Fenster im Hauptgebäude. Zu spät war es auch, um Oeser anzurufen. Schon wieder ein

Tag, an dem ich ihn nicht erreicht hatte. Genau genommen war es Röntschs Schuld. Er hatte mich ihn nicht erreichen lassen. Das war etwas anderes. Morgen, nahm ich mir vor, auf jeden Fall morgen.

Theo bog links ab und ließ uns vor einem Bunker aus dem Zweiten Weltkrieg, vor dem eine Traube junger Menschen stand, aussteigen. Er selbst suchte noch einen Parkplatz. Philip und Peter schoben sich an der Menschentraube vorbei und begrüßten den afrodeutschen Kleiderschrank, der den Eingang verbarrikadierte, mit Küsschen. Hannah war ihnen dicht auf den Fersen und zerrte mich mit. In einem renovierungsbedürftigen Vorraum bekam ich einen Stempel auf das Handgelenk gedrückt. Dass Philip und Peter hier richtig waren, brauchte mir niemand zu sagen, ich hörte es schon aus der Ferne wummern. Gewummer zog sie offenbar an wie Konfitüre stechende Insekten. Ihrem Trieb folgend, führten sie uns zielstrebig in die Richtung, aus der es wummerte. Wir liefen an einer Treppe vorbei durch einen Gang, in dem junge Menschen apathisch auf gepolsterten Hockern saßen, und schon standen wir im Zentrum des Gewummers. Es war ein großer dunkler Raum, der voll war mit sich nach dem immergleichen Rhythmus bewegenden Körpern. Irgendwo drehte sich eine Spiegelglaskugel, die einen schwachen, die Farbe wechselnden Lichtstrahl an die Wand reflektierte. Hinter einem Pult mit Plattenspielern standen zwei DJs, die sich ebenfalls zu der Musik bewegten. Philip und Peter begrüßten sie von weitem. Plötzlich wechselte der Sound, was von den Tänzern mit viel Beifall und einigen rhythmischen Trillerpfeifenpfiffen bedacht wurde. Statt bumm, bumm, bumm, bumm machte es ein paarmal bummbummbummbumm, bumm, bumm. Dann ging es weiter wie vorher.

Mittlerweile war ich in dem Raum der Einzige, der nicht wenigstens mit dem Kopf wippte. Hannah hatte sich von Philip und Peter auf die Tanzfläche ziehen lassen und gab mir Zeichen. Aber ich brauchte erst mal ein Bier. Im Vorbeigehen hatte ich so etwas wie eine Theke gesehen.

»Acht Mark«, verlangte der Mann hinter dem Tresen, nachdem er mir ein Beck's hingestellt hatte.

»Wie viel?«

»Eine Mark Pfand!«, sagte er, als ob damit alles erklärt wäre.

Ich bezahlte den skandinavischen Preis und sah zu, wie neben mir ein höchstens sechzehnjähriges Mädchen und ihr nur unwesentlich älterer Freund einen Zwanzigmarkschein und ein paar Markstücke für zweimal Wodka und Cola ganz selbstverständlich hinlegten und ebenso selbstverständlich nichts zurückbekamen. Dazu für jeden fünfzehn Mark Eintritt, dachte ich, woher nahmen all die Kinder das Geld? Ich trank einen Schluck Bier und fühlte mich alt. Ein Mädchen mit einem wirren Gesichtsausdruck hielt eine Plastikleuchtpistole in der Hand, mit der sie auf mich zielte. *LEGUANE GREIFEN AN* stand in zackigen, signalgelben Buchstaben auf ihrem T-Shirt.

Theo trat in die Schusslinie. Seine hellen Jeans strahlten im Licht. Mit dem Telefon in der Hand wirkte er wie ein verirrter Geschäftsmann. »Weißt du, wo Phil und Peter sind?«, fragte er mich.

Ich sagte es ihm. Sofort schlug er die Richtung ein, aus der ich gekommen war. Ich ging ihm ein paar Schritte hinterher, als ich plötzlich glaubte, Liss gesehen zu haben. Sie verschwand in einem Gang seitlich vom Tresen. Im selben Moment tippte mir jemand von hinten auf die Schulter.

»Theo hat gerade seine Freunde eingesammelt«, sagte Hannah. »Wie wär's mit ein bisschen Bewegung?« Ohne eine Antwort abzuwarten, nahm sie meine Hand und strebte dem Gewummer entgegen.

»Sekunde«, sagte ich und hielt dagegen. »Ich hab gerade jemanden gesehen, einen alten Bekannten, dem ich nur schnell guten Tag sagen möchte.«

»Wenn er dunkle Haare und lange Beine hat, grüß ihn von mir!«, sagte sie und ließ mich stehen.

Das war bestimmt Liss, dachte ich.

Der Gang führte zu einer breiten Treppe. Auf den Stufen saßen vereinzelt ein paar Jugendliche, die ziemlich weggetreten wirkten. Die meisten starrten stur auf den Fußboden und blickten nicht einmal auf, als ich an ihnen vorbeilief. Die Atmosphäre im Treppenhaus erinnerte mich an Science-Fiction-Filme, die von einem Leben nach dem nuklearen Inferno erzählen: Dämmerlicht, feuchte Kälte, Schmutz und meterdicke Wände zum Schutz gegen die Außenwelt. Von oben her wummerte es, nur härter, steriler und schneller als unten. In einem Vorraum tanzte ein einsamer Mensch mit der Wand – selbstvergessen. Das war es, was man hier konnte: sich selbst und die Welt vergessen, an nichts mehr denken, den Körper treiben, bis er nichts mehr spürt als den Rhythmus einer Gesellschaft, die ihre eigene Leere reproduziert.

Der Raum dahinter, aus dem die Musik kam, war voll mit künstlichem Nebel, der von Scheinwerfern gelb gefärbt wurde. Gelber Nebel, so dick, dass man keinen Meter weit sehen konnte. Ich blieb in der Türöffnung stehen. Ab und zu tauchte jemand auf und schob sich an mir vorbei. Die elektronischen Drums landeten 150 Tiefschläge pro Minute in meiner Magengrube. Liss – wenn sie es wirklich war, die ich gesehen hatte – musste irgendwo in diesem gelben Nebel stecken. Ich tastete mich die Wand entlang. Immer wieder traf ich auf einzelne Tänzer, die zäh und hartnäckig die ewig gleichen Bewegungen zu dem ewig gleichen Rhythmus machten. Raver sind harte Arbeiter, dachte ich, sie arbeiten an ihrem Vergessen. So wie ich heute Nachmittag daran gearbeitet hatte – mit Whisky und Marcs Kassetten. Aus der hintersten Ecke flackerte mir rotes Licht entgegen. Ich bewegte mich langsam darauf zu. Immer wieder musste ich aufpassen, dass ich nicht mit einem der Tänzer zusammenstieß. Als ich ungefähr dort war, wo ich die Mitte des in seinen Ausmaßen nur schwer abschätzbaren Raumes vermutete, sah ich plötzlich dunkle Haare durch die Luft fliegen. Haare, die nur Liss gehören konnten! Zu einer eindeutigen Identifizierung kam es allerdings nicht. Ich bekam von hinten einen Stoß, sodass ich ins Stolpern geriet und beinahe hingefallen wäre. Danach hatte ich erst einmal für ein paar Sekunden die Orientierung verloren. Ich sah nur gelben Nebel, der von rotem Licht durchflackert wurde, und hörte nichts als den Sound elektronischer Klangmaschinen. Es gab keinen Raum, den ich wahrnehmen konnte, keinen Menschen in meiner Nähe. Ich wusste nicht mehr, wo der Ausgang war.

Leicht panisch suchte ich nach der Quelle des roten Lichtes. Als ich sie ausgemacht hatte, lief ich in die entgegengesetzte Richtung. Ich bewegte mich ziemlich hastig, ohne noch einmal mit jemandem zu kollidieren. Seltsamerweise gab es überhaupt niemanden, dem ich begegnete, so als hätten alle auf einmal den Raum verlassen. In dem Vorraum tanzte der junge Mensch mit der Wand. Ich hatte das Gefühl, aus einem Traum erwacht zu sein, und schaute auf die Uhr. Es waren nur wenige Minuten vergangen. Der Puls hämmerte in meinen Schläfen. Ich rannte die Treppe hinunter.

Auf der Toilette kühlte ich mir das Gesicht mit Wasser. Aus einer der Kabinen kam ein Getuschel. Ich war gerade dabei, mir die Hände abzutrocknen, als der Riegel zurückgeschoben wurde und die Kabinentür aufging. Philip kam heraus mit einem Jüngelchen, das ich nicht kannte. Als er mich sah, grinste er. »Du siehst blass aus. Wenn du was zur Stärkung brauchst …«

»Wo ist Theo?«, fragte ich.

Der Jüngling klemmte sich unter den Wasserhahn und trank. Ich dachte sofort an die Getränkepreise in diesem Laden. Das schien mir Erklärung genug zu sein. Und was die beiden in der Kabine zu tuscheln hatten, wollte ich lieber nicht wissen.

Philip zuckte mit den Schultern. »Theo ist ein gefragter Mann.«

Den Eindruck hatte ich mittlerweile allerdings auch. Fragte sich bloß, von wem und vor allem: in welcher Sache.

Hannah tanzte noch immer. Es gab einiges, was sie zu vergessen hatte. Sie brauchte eine ganze Weile, bis sie mich bemerkte, obwohl ich keine fünf Meter von ihr entfernt stand. Sie lachte und winkte mich zu sich. Offensichtlich hatte sie mir den Korb von vorhin nicht weiter übel genommen. Um ein bisschen guten Willen zu zeigen, ging ich zu ihr und fing an, mich so zu bewegen, wie all die andern es taten – oder zumindest so ähnlich. Neben mir tanzte ein Knabe, der schon ein gutes Stück an diesem Abend geschafft hatte. Sein Sweatshirt hatte er sich um den Bauch gebunden und auf seinem nackten Oberkörper glänzten hunderte von Schweißperlen. Auf der Tanzfläche war es ziemlich eng und ich musste aufpassen, dass ich ihn nicht berührte. Schließlich konnte ich mir Appetitlicheres vorstellen, als meine Sachen mit fremdem Männerschweiß zu tränken. Um seinen Hals hing ein Lederband mit einer Plastiktrillerpfeife, die er sofort benutzte, wenn sich die DJs nach zwanzig Minuten gleichförmigen Gewummers zu einem Soundwechsel entschließen konnten. Ich bewegte mich mechanisch, während ich über einige Dinge nachdachte. Keine Spur also vom Sich-und-die-Welt-Vergessen. Ich dachte an Theo und hatte irgendwie kein gutes Gefühl. Was trieb er die ganze Zeit und was waren das für Leute, mit denen er telefonierte? Jedes Mal, wenn ich ihn daraufhin ansprach, wich er aus. Und Liss? War sie für immer im Nebel verschwunden? Das würde mir Leid tun.

»Was würdest du dir jetzt wünschen, wenn du könntest?«, fragte mich Hannah, als wir mit dem Taxi in die Friedrichstraße einbogen.

»Eine Romanze mit Joan Crawford in einem Film von W. S. van Dyke«, sagte ich, ohne zu überlegen.

»Du Schwein!« Sie schlug mich zu Recht.

Dabei hatte ich mir nur etwas vorgestellt, das Charme hatte und deshalb aus der Mode war.

Bunte Pillen

Die Tür flog auf und das Erste, was ich an diesem Morgen sah, war ein Polizist mit grüner Schussweste, der eine kleine, schwarz glänzende Maschinenpistole in den Händen hielt.

Hannah kreischte los.

Draußen hörte ich Konrad schimpfen: »Gestapo-Methoden, ihr Schweine, fasst mich nicht an!« Leo bellte.

Ein etwa vierzigjähriger Mann in Zivil betrat das Zimmer. »Sind Sie Theo Trepka?«, fragte er mich.

Ich schüttelte den Kopf und war mir noch nicht ganz sicher, ob ich das, was ich sah, für die Wirklichkeit halten sollte.

»Rutschke, Rauschgiftdezernat.« Er hielt mir seine Karte vors Gesicht. »Weisen Sie sich bitte aus!«

Als ich aufstand, rutschte mir die Decke weg. Die Herren schauten diskret geradeaus.

Nebenan wetterte immer noch Konrad: »Das macht euch Spaß, was? Leute erniedrigen, in fremden Sachen wühlen, das braucht ihr, um einen hochzukriegen!«

»Halten Sie den Hund zurück, sonst passiert was!«, hörte ich eine andere Stimme.

Ich gab dem Zivilbeamten meinen Personalausweis. Hannah hockte zusammengekauert in der Ecke. Sie hatte die Decke um sich geschlungen und zitterte. Die beiden Polizisten sahen sie an. Erwartungsvoll, würde ich sagen.

»Reicht Ihnen eine Kreditkarte?«, fragte sie leise.

Rutschke, Rauschgiftdezernat, schickte den Uniformierten aus dem Zimmer. Vielleicht befürchtete er wie ich, der Mann könnte Hannah mit den Augen verschlingen. »Der Herr ...«, er sah auf meinen Personalausweis, »... Palmer hat Ihnen wohl so sehr den Kopf verdreht, dass Sie gleich Ihre ganzen Papiere vergessen haben.«

»Wollen Sie uns nicht endlich sagen, worum es eigentlich geht?«, unterbrach ich ihn.

Im selben Moment ging draußen irgendetwas zu Bruch. Konrad brüllte. Durch die offene Tür konnte ich beobachten, wie Philips Zimmer durchsucht wurde. Ein anderer Mann in Zivil, der jünger war als Rutschke, trat herein. In der Hand hielt er ein braunes Apotheker-Glas, das voll war mit kleinen Pillen in allen möglichen Farben.

Rutschke nickte zufrieden. »Ich gebe Ihnen eine Minute«, sagte er zu Hannah und mir und verließ gemeinsam mit seinem Kollegen das Zimmer.

Hannah sah mich fragend an. Ich zuckte mit den Schultern, obwohl es mir langsam zu dämmern begann. Ich erinnerte mich an das Mädchen in Theos Zimmer, das eine bunte Pille vom Teppich aufgelesen hatte. Und gestern der Junge, der mit Philip auf dem Klo war! Er hatte es ziemlich eilig gehabt, mit dem Mund an den Wasserhahn zu kommen, und es war kaum anzunehmen, dass er am Verdursten gewesen war. »Wenn du was zur Stärkung brauchst ...«, hatte Philip zu mir gesagt, womit er bestimmt keine belegten Brötchen meinte. Theo, dachte ich, worauf hast du dich eingelassen?! Währenddessen suchte ich in meiner Reisetasche nach einer frischen Unterhose. Zufällig fiel mir dabei die Pistole von Andrzej in die Hände, die ich fast schon vergessen hatte. Wenn die Bullen hier alles durchsuchen, ging es mir durch den Kopf, dann nehmen sie sich garantiert auch meine Tasche vor. Ohne zu zögern, steckte ich die Waffe vorne in meinen Hosenbund. Das Eisen war kalt an der nackten Haut. Ich drehte mich um, aber Hannah war mit ihrer Garderobe beschäftigt und hatte nichts gesehen. Schnell zog ich mein Leinenhemd darüber, dann das Sakko; so musste es gehen!

»Ich muss Sie bitten mitzukommen«, sagte Rutschke gut gelaunt. Offensichtlich hatte er gefunden, wonach er suchte.

Seine Leute waren auch wirklich auf Draht. Er konnte

stolz auf sie sein. Kaum hatten Hannah und ich das Zimmer verlassen, schon steckten zwei Schnüffelnasen in unserer Dreckwäsche. Unauffällig rückte ich die Pistole in meiner Hose etwas mehr in die Mitte, sodass sie mich beim Laufen nicht störte. Ich hoffte nur, dass sie nicht durch irgendeine falsche Bewegung entsichert und ausgelöst wurde. Denn das hätte unter Umständen Auswirkungen auf mein Geschlechtsleben haben können.

»He, das könnt ihr doch nicht machen!«, rief Konrad, der von zwei Uniformierten an den Armen festgehalten wurde. »Was ist mit meinem Hund? Wer kümmert sich inzwischen um ihn?«

»Keine Angst, für den wird gesorgt«, sagte der Chef vom Dienst. »Und wenn es etwas länger dauern sollte, finden wir ganz bestimmt eine gemütliche Herberge für ihn.«

»Ich warne Sie! Leo kann Polypen genauso wenig ausstehen wie ich.«

Unbeeindruckt führten die beiden Polizisten Konrad aus der Wohnung. Leo zerrte an seiner Leine, die an einem Heizungsrohr festgemacht war. Sein Mitleid erregendes Gewinsel begleitete uns bis auf die Straße, wo schon ein kastenförmiger Einsatzwagen mit einem Drahtgespann vor den Fenstern auf uns wartete. Samt Konrads Begleitern mussten wir hinten einsteigen, während Rutschke und einer seiner Kollegen neben dem Fahrer Platz nahmen. Dazwischen gab es eine Wand mit einem Fenster hinter Drahtgeflecht. Während der Fahrt schwiegen wir. Hannah schmiegte sich an mich wie ein Kind, das Angst hatte. Ich musste aufpassen, dass sie nicht die Pistole berührte. Konrad saß zwischen den beiden Polizisten. Wir fuhren eine ganze Weile durch die Stadt. Irgendwann sah ich das Luftbrückendenkmal. Kurz darauf hielt der Wagen vor einem grauen Gebäude, das hinter einer *Esso*-Tankstelle stand und durch einen dreistöckigen, verglasten Gang mit einem riesigen, sich im Bau befindlichen Gebäudekomplex verbunden war. An der Glastür, durch die wir geführt wurden, klebte ein handgeschriebener Zettel, der vor Trickbetrügern warnte, die vorgaben, Groschen zum Telefonieren zu benötigen, um dann unbemerkt mit Mittel- und Ringfinger Geldscheine aus dem Portmonee zu ziehen. Ich konnte mir wirklich nicht vorstellen, dass das funktionierte.

Rutschke begrüßte den Pförtner in seinem Glaskasten. Wir wurden ein paar Treppen hoch und durch einen Gang mit gelblichem Leuchtstofflampenlicht geführt. In einem winzigen Büro, in dem es nach kaltem Zigarettenrauch stank, nahmen eine Sekretärin und einer von Rutschkes Kollegen unsere Personalien auf. Hannah zeigte ihre Kreditkarten und ich verbürgte mich für sie. Dann holte Rutschke Konrad ins Vernehmungszimmer. Bei Hannah und mir blieben einer der beiden Uniformierten und die Sekretärin, die ihre elektronische Schreibmaschine bearbeitete. Ein paarmal machte der Polizist den Versuch, mit seiner Kollegin ins Gespräch zu kommen. Aber er stellte sich nicht gerade geschickt an. So kam es nur zu ein paar einsilbigen Wortwechseln über Baulärm, Zimmerpflanzendünger und Ozonwerte. Nachdem der Mann wohl jede Hoffnung auf einen Flirt fallen gelassen hatte, nahm er sich ungefragt eine Zeitung, die auf dem Schreibtisch lag, und begann, gelangweilt darin zu blättern. Über seine Schulter hinweg las ich einen Artikel, in dem eine Agentur vorgestellt wurde, die nichts anderes tat, als auf Bestellung anzurufen – für zwanzig Mark Grundgebühr und eine Mark fünfzig pro Minute. Vor allem Mobiltelefonbesitzer nahmen deren Dienste gerne in Anspruch. Schließlich machte es sich nicht schlecht, wenn man in einer Sitzung saß und das Ding in der Tasche anfing zu piepen.

Theo hatte solche Dienstleistungen nicht nötig. Sein Telefon läutete eher zu oft. Und genau deshalb saßen wir jetzt hier. Plötzlich kam mir der Gedanke, dass er, wo er sich auch gerade befand, zu erreichen war. Sein Telefon steckte in seiner Jackentasche.

Konrads Vernehmung dauerte ungefähr eine Dreiviertelstunde. Dann war ich an der Reihe.

Das Zimmer, in das ich geführt wurde, war kleiner als das von Oeser und Bönninghaus, die Ausstattung jedoch ziemlich ähnlich: Vernehmungstisch, Diktiergerät, Ansichtskarten an den Zimmerwänden.

Rutschke kam gleich zur Sache. »Wo ist Herr Trepka?«, fragte er mich.

Ich schüttelte den Kopf. »Keine Ahnung.«

»Erzählen Sie mir alles, was Sie von ihm wissen!«

Ich fing an zu erzählen, aber das, was er hören wollte, war offensichtlich nicht dabei.

»Mich interessieren Ihre alten Kamellen nicht. Ich möchte von Ihnen hören, was Sie von seinen Geschäften wissen.«

»Nichts«, sagte ich der Wahrheit entsprechend.

»Wissen Sie, wie ich das finde? Merkwürdig finde ich das!« Er schüttete das Glas mit den bunten Pillen auf dem Tisch aus. »Noch nie gesehen, die Produkte Ihres Freundes? Noch nie probiert?« Er sah mich wütend an. »Ecstasy! Wissen Sie, wie viel das hier wert ist? Natürlich, Sie haben keine Ahnung! Grob geschätzt: zehntausend Mark. Ein Chemiestudent im zweiten Semester hat so was im Handumdrehen hergestellt. Leicht verdientes Geld! Ihr Freund ist Chemiker, es war für ihn kein Problem, an die Grundsubstanzen heranzukommen. MDE oder MDMA – Amphetamin-Derivate –, ein bisschen gestreckt, Farbstoff, fertig. Ach so, Sie finden das alles ganz harmlos … Kennen Sie diese Frau?« Er warf ein Foto auf den Tisch.

»Liss!«

»Sie hat letzte Nacht versucht, sich das Leben zu nehmen. Der Stoff, den Ihr Freund herstellt, kann einen nämlich ganz schön runterziehen. Paranoia, Schizophrenie, Depressionen … Die hier …«, er zeigte auf das Foto von Liss, »wäre nicht die Erste, die dabei draufgeht.«

Ich dachte an gelben Nebel, der alles verschluckte. Es gab

keinen Raum mehr, der sichtbar war, keinen Menschen in meiner Nähe. Nur dieser beschissene Rhythmus wollte nicht aufhören.

»Was ist, fällt Ihnen jetzt vielleicht ein, wo sich Ihr Freund aufhält? Herr Palmer, ist Ihnen nicht gut?«

Ich holte den Zettel mit der Nummer von Theos Mobiltelefon aus der Brieftasche. »Reden Sie mit ihm!«

Er nickte, stand auf und führte mich zur Tür.

»Wie geht es Liss, ich meine: Alissa?«, fragte ich ihn.

»Sie ist über den Berg. In zwei, drei Tagen hat sie sich erholt und wird in die Psychiatrie überführt. Wenn Sie wollen, können Sie sie besuchen.« Er ging zurück zum Tisch, blätterte in seinem Adressbuch und schrieb eine Nummer auf einen Zettel. »Hier, rufen Sie vorher an.«

Als er mir die Tür öffnete, wurden gerade Philip und Peter ins Vorzimmer geführt. Sie waren mit Handschellen aneinander gekettet und nickten nur müde, als sie mich erkannten.

»Gleich durchtreten! Herein in die gute Stube!«, kommandierte Rutschke. »Macht es euch schon mal bequem, ich komme gleich.« Sein Kollege verschwand mit den beiden im Vernehmungszimmer. Rutschke winkte ab. »Kleine Fische, die das Zeug in Diskotheken verkaufen, im Bauchladen sozusagen. Die eigentlichen Geschäfte werden ganz woanders gemacht. Leute wie Trepka arbeiten auf Bestellung, der Rest sind Peanuts.«

Hannah, die noch immer neben dem Polizisten in Uniform saß, sah mich fragend an.

»Ich würde gerne zuerst mit ihm reden«, sagte ich zu Rutschke.

Er ging mit mir in ein kleines Nebenzimmer, in dem nur eine Liege, ein Kleiderschrank und ein Tisch mit einem Telefon standen.

Ich wählte die Nummer. Rutschke stellte sich neben mich und drückte den Knopf für Konferenzschaltung. Es rauschte nach dem Freizeichen. Aber es war kein konstantes Rauschen.

»Er ist im Auto«, flüsterte Rutschke.

Jetzt konnte ich auch das Motorengeräusch im Hintergrund hören. »Theo, ich bin's, Henry!«

Keine Antwort.

»Die Polizei hat die Wohnung durchsucht und neben mir steht ein Mann von der Rauschgiftfahndung. Aber keine Angst, ich habe nicht vor, irgendwelche Appelle loszulassen.«

Ich hörte ihn jetzt atmen. Das Rauschen war leiser geworden. Wahrscheinlich hatte er angehalten.

»Theo?«

»Henry!«, stöhnte es aus dem Lautsprecher. »Du hättest nicht anrufen sollen.« Und nach einer weiteren Pause: »Was soll ich sagen? Dass ich ein Arschloch bin?«

»Ich weiß, dass du kein Arschloch bist, du Arschloch.«

»Klar, ich bin dir eine Erklärung schuldig. Aber überleg doch mal selbst! Die Bullen gingen bei dir ein und aus ...«

Rutschke wurde hellhörig.

»Sollte ich da etwa sagen: Hallo, Henry, ich bin gerade im Drogengeschäft, läuft ganz gut ... Übrigens, ich habe nie etwas versteckt, du hättest alles sehen können, wenn du nicht so verdammt beschäftigt gewesen wärst.« Seine Stimme wurde unruhig. Irgendwie klang sie fremd. Ich hatte Theo nie in Bedrängnis erlebt.

»Ich will nicht den Moralapostel spielen«, sagte ich. »Aber erinnerst du dich daran, was du zu dem Kneipenwirt gesagt hast, diesem Peter? Ist noch gar nicht so lange her.«

Er lachte. »Was wissen wir schon voneinander, Henry? Es ist ziemlich lange her, dass wir uns gegenseitig anstrengende Fragen gestellt haben. Wir hatten unseren Spaß miteinander, das war okay, aber was hat es für einen Zweck, so zu tun, als stünden wir uns noch immer so nahe wie früher, als wir jeden Tag zusammen waren? Woher willst du wissen, dass ich kein Arschloch geworden bin?«

Rutschke gab mir ein Zeichen, dass er jetzt gerne mit Theo reden würde, aber ich war noch nicht fertig. »Liss hat versucht, sich umzubringen«, sagte ich.

Eine Weile blieb der Lautsprecher stumm. Gerade als ich glaubte, Theo hätte das Gespräch abgebrochen, räusperte er sich. »Und die Bullen haben dir erzählt, es wäre meine Schuld! Henry, ich habe dir gesagt, wie kaputt sie ist. Ich wusste, dass sie es irgendwann tun würde. Sie hätte es sowieso getan, ob mit oder ohne Ecstasy. Die Pillen sind völlig harmlos, wenn kein Dreck drin ist. Liss hatte einfach keine Lust mehr, verstehst du, ihr war alles scheißegal! Ich konnte nichts für sie tun, niemand konnte das.«

»Warum hast du mir geholfen?«, fragte ich ihn. Rutschke trat von einem Bein auf das andere.

Er lachte. »Damit es wenigstens einen unverbesserlichen Idealisten auf dieser Welt gibt, der glaubt, dass ich kein Arschloch bin.«

»Und nun?«

»Hier ist Rutschke, Kriminalpolizei!«, krähte es plötzlich neben mir. »Herr Trepka, geben Sie auf! Sagen Sie, wo Sie jetzt sind, und warten Sie dort auf uns! Ihre Flucht ist sinnlos. Sie haben keine Chance.«

»Mach's gut, Henry, und grüß Hannah von mir!«

Danach war nichts mehr zu hören. Ich legte auf.

»Prima!«, sagte Rutschke. »Ganz prima!« Er war sichtlich erregt. »Sagen Sie mal, was meinte er eigentlich, als er sagte, Sie hätten mit der Polizei zu tun?«

»Das ist eine lange Geschichte. Fragen Sie am besten Hauptkommissar Oeser von der Mordkommission.«

»Mordkommission!«, wiederholte er. Seltsamerweise schien ihn das zu beruhigen. Er schien nachzudenken. »Ich hab's!«, sagte er nach einem Augenblick und seine Miene hellte sich auf. »Deshalb kamen Sie mir gleich so bekannt vor. Ihr Bild war in der Zeitung!«

Ich hätte mich nicht gewundert, wenn er mich um ein Autogramm gebeten hätte. Während wir das Zimmer verließen, stellte er mir noch ein paar Fragen zum ›Mordfall!‹.

Nein, sagte ich, es habe sich noch nichts Neues ergeben. Ja, der Verdacht gegen mich sei unbegründet gewesen. Genau, deshalb säße ich nicht in Untersuchungshaft.

Mit meinen Gedanken war ich noch immer bei Theo. Ich wusste nicht, was er vorhatte, ich wusste nur, dass ihm alles, was er jetzt tat, schaden würde. Er hatte keine Chance, aber er war jemand, der nicht aufgab, bevor er am Boden lag, egal wie aussichtslos der Kampf auch sein mochte. Ich hätte nie gedacht, dass ich mir einmal wirklich Sorgen um ihn machen würde.

Hannah saß immer noch im Vorraum bei der Sekretärin und dem charmanten Herrn in Uniform, der die Zeitung weggelegt und offensichtlich gerade einen weiteren Versuch in Konversation mit dem anderen Geschlecht gestartet hatte. Bei einer solchen Gesellschaft kommt wenigstens keine Langeweile auf, meldete sich der Spötter in mir, dem ich jedoch auf der Stelle das Wort entzog. Rutschke verzichtete darauf, Hannah zu vernehmen. Wahrscheinlich freute er sich schon auf das Doppelpack in seinem Zimmer.

Auf dem Weg zum U-Bahnhof Platz der Luftbrücke erklärte ich Hannah in groben Zügen den Stand der Dinge.

»Phil hat mir gestern Abend eine Pille gegeben«, sagte sie, als wir in die U-Bahn einstiegen. »Aber ich hätte nicht gedacht, dass Theo so was herstellen kann.« Sie schien mehr erstaunt als schockiert zu sein. Ein bisschen, glaubte ich, bewunderte sie ihn sogar.

»Erst mal wird er einfahren für ein paar Jahre, dieser Idiot!«, sagte ich.

»Sei nicht so hart, Henry, schließlich ist er unser Freund.«

Ich sagte nichts, obwohl ich Widerworte gehabt hätte. Die Pistole drückte an empfindlicher Stelle. Außerdem hatte ich das Gefühl, sie rutschte immer tiefer. Im U-Bahn-Abteil konnte ich jedoch nur wenig dagegen unternehmen, ohne größeres Aufsehen zu erregen. So machte ich Hannah den Vorschlag, frühstücken zu gehen. Schließlich hatten wir beide noch nichts gegessen. Die nächste Station war Friedrichstraße und ich kannte in der Nähe vom Bahnhof ein Café, wo es ganz annehmbaren Kaffee und frische Hörnchen gab.

»Henry, ich möchte dich um einen Gefallen bitten«, sagte Hannah, während wir durch das Zehntel der Bahnhofshalle liefen, das keine Baustelle war. »Ich muss unbedingt meine restlichen Sachen aus Hartmanns Wohnung holen. Du siehst ja selbst, ich hab nicht mal meine Papiere bei mir, und deshalb wollte ich dich fragen, ob du nicht nach dem Frühstück mitkommen könntest …«

Abrupt blieb ich stehen und hielt sie am Arm fest. Jemand rammte mich von hinten und schimpfte. Ich achtete nicht auf ihn. »Hartmann?«, rief ich und muss dabei recht wirr ausgesehen haben.

Hannah betrachtete mich skeptisch. »Ich habe dir doch von ihm erzählt, der Typ, der Grimm hierher geholt hat, sein Big Boss, in dessen Wohnung wir gewohnt haben.«

»Wie ist sein Vorname?«

»Bist du in Ordnung? Du siehst irgendwie blass aus …«

»Ja, ja, alles okay, also: Wie heißt er?«

Ihre Antwort schluckte der Lärm des Presslufthammers, der hinter der Pappwand, vor der wir standen, plötzlich loshämmerte.

»Wie?«

»Udo!«, sagte Hannah, als wir auf der Straße waren.

»Bist du sicher?«

»Na hör mal!«

Udo, hatte Peter, der Kneipenwirt, gesagt, Udo hieß der Mann, der angeblich Agnes heiraten wollte, Udo und irgendein Name mit -mann. Hartmann, zum Beispiel! Ich versuchte, ruhig zu bleiben. Also, dachte ich, wenn Udo Hartmann der Mann war, der Agnes nach Berlin gelockt und ihren Sohn entführt hatte, dann hing auch Grimm da mit drin, oder anders ausgedrückt: Es war kein Zufall, dass ich Agnes und Pawel vor dem Schauspielhaus begegnet war, nachdem Ulrich Grimm, Hartmanns rechte Hand, Hannah in den *Turmstuben* abgeholt hatte – so wie es nicht unbedingt Zufall sein musste, wenn ein Mobiltelefon während einer Sitzung läutete. Das hatte ich heute Morgen gelernt. Es gab Agenturen für besondere Dienste und diskrete Verbindungen jeglicher Art. Alles hing miteinander zusammen. Entweder ich war auf dem Wege zur Paranoia ein gutes Stück vorangekommen oder ich hatte einen meiner klarsten Augenblicke.

»Was für einen Wagen fährt Grimm?«, fragte ich Hannah, die noch immer aussah, als bereite ihr mein momentaner Geisteszustand einige Sorgen.

»Warum willst du das wissen, Henry, was ist los mit dir?«

»Ich werde dir alles erklären. Bitte!«

»Er hat einen BMW«, sagte sie zögernd.

»Welche Farbe?«

»Weiß.«

»Mit Frankfurter Kennzeichen?«

Sie nickte. »Soviel ich weiß, hatte er noch keine Zeit, ihn umzumelden.«

»Und sein Chef, dieser Udo Hartmann, was fährt der?«

»Ich weiß nicht, einen Mercedes, glaube ich. Ich kenne mich da nicht besonders gut aus.«

»Hannah, es tut mir Leid, wir müssen unser Frühstück verschieben.«

Taxi nach Frankfurt

Ich wählte die Nummer der Mordkommission. Hannah wartete vor der Zelle.

»Röntsch!«

»Sagen Sie nichts, Oeser und Bönninghaus sind nicht da.«

Er sagte nichts.

»Hören Sie, wenn Sie Lust haben, Ihren Namen mal wieder in der Zeitung zu lesen, dann kommen Sie zu folgender Adresse, Moment ...« Ich drückte den Hörer gegen meine Jacke und öffnete die Tür. »Hannah, wo befindet sich die Wohnung von diesem Hartmann?« Sie sagte mir die Adresse und ich gab sie an Röntsch weiter. »Alles Weitere vor Ort!«

»Palmer, warten Sie!«, hörte ich ihn noch rufen, aber ich war in Eile.

Wir nahmen uns ein Taxi, das neben dem Bahnhof auf Kundschaft wartete.

»Nach Wilmersdorf!«, sagte Hannah. »Mainzer Straße!«

»Aber die Mainzer Straße ist in Friedrichshain«, sagte ich.

Hannah schüttelte den Kopf. »Hartmann wohnt in Wilmersdorf.«

»Dit jibt sojar noch 'ne Mainzer in Neukölln«, mischte sich der Taxifahrer in das Gespräch ein. »Neulich hatte eener 'ne Adresse in der Margaretenstraße, ohne Stadtbezirk natürlich. Prima, dacht ick, davon jibt dit fünfe. Ick also uff jut Glück erst nach Tierjarten, dann nach Lichtenberch, weiter runter nach Mahlsdorf ...«

Ich musste daran denken, dass ich Röntsch nur Straße und Hausnummer gesagt hatte. Meine Wohnung lag in Friedrichshain, Andrzej war in Neukölln niedergestochen worden, es war also mehr als unwahrscheinlich, dass Röntsch ausgerechnet nach Wilmersdorf fahren würde. Vielleicht hätte ich doch nicht so schnell aufhängen sollen. Aber für mich gab es nun mal nur eine Mainzer Straße, *die* Mainzer Straße. Ich vergaß, dass Hannah die letzten Jahre in Frankfurt verbracht hatte. Als ich eine Telefonzelle am Straßenrand entdeckte, überlegte ich kurz, ob ich den Fahrer bitten sollte anzuhalten. Aber wahrscheinlich war es sowieso zu spät. Wie ich Röntsch kannte, hatte er nicht lange gezögert, nachdem ich ihm Publicity in Aussicht gestellt hatte.

»... schließlich war's die Margaretenstraße in Grunewald, 'ne janz kleene Sackgasse am Halensee. Dit muss man sich mal vorstellen, 'ne halbe Weltreise: erst Tierjarten, dann Lichtenberch ...« Der Fahrer redete, solange sein Taxameter lief.

Irgendwann kümmerte ich mich nicht mehr darum, sondern erzählte Hannah in groben Zügen, was mir nach unserem Treffen in den *Turmstuben* passiert war. Während ich sprach, bemerkte ich, wie sie ihre spitzen Fingernägel immer tiefer in ihre Handballen bohrte. Als sie von Agnes' Ermordung hörte, öffnete sie ihren Mund. Aber es kam nichts heraus.

»Mainzer Straße! Welche Nummer?«, verschaffte sich der Fahrer wieder Gehör.

Verwirrt sah Hannah aus dem Fenster. »Sie können hier halten«, sagte sie und kramte nervös in ihrer Handtasche, anscheinend ohne zu wissen, wonach sie eigentlich suchte. Währenddessen bezahlte ich.

»Und du meinst, Hartmann hat etwas damit zu tun?«, fragte sie, als wir über die Straße liefen.

»Sieht zumindest so aus.«

Sie nickte und schwieg.

Von Röntsch und seinem Trupp war weit und breit nichts zu sehen. Hannah führte mich zu einem unscheinbaren, hellgrau verputzten Mietshaus. Sie drückte auf den Klingelknopf neben dem Schild, auf dem *Hartmann* stand, aber es passierte nichts. Sie drückte nochmal und nochmal, zuletzt legte sie ihren Finger ungefähr eine halbe Minute lang auf den Knopf.

»Es gibt noch eine Möglichkeit«, sagte sie, nachdem wir einen ratlosen Blick getauscht hatten. »Hartmann besitzt ein Haus in der Nähe von Frankfurt an der Oder. Grimm hat mich mal dorthin mitgenommen. Ich glaube, es ist so was wie Hartmanns Firmensitz, wenn man davon reden kann. Jedenfalls wickelt er dort einen Großteil seiner Geschäfte ab.«

»In der Nähe von Frankfurt ...« Ich überlegte einen Augenblick, ob ich nicht doch noch einmal versuchen sollte, die Herren von der Mordkommission zu verständigen. Wenn Hartmann den Sohn von Agnes noch immer versteckt hielt, dann vielleicht dort. Aber mittlerweile hatte ich einen fürchterlichen Verdacht. »Und du weißt, wie man dorthin kommt?«

»Ich glaube schon«, sagte Hannah und starrte auf die Pistole, die ich endlich aus der Hose zog.

»Kannst du die einstecken?«

Sie nahm die Waffe ohne ein Wort und ließ sie in ihre Handtasche gleiten. »Wir nehmen ein Taxi!«, sagte sie mit einer Entschlossenheit, die mich etwas erstaunte.

»Nach Frankfurt?«

»Ulrich Grimm ist großzügig.«

In einer Filiale der Deutschen Bank sorgte Hannah für Bargeldnachschub. Mich wunderte, dass sie sich noch immer so einfach bedienen konnte. Grimm musste wirklich ziemlich beschäftigt sein.

»So!«, sagte Hannah, mit den Hundertmarkscheinen wedelnd. »Jetzt kann's losgehen.«

Der Taxifahrer musste erst mit seinem Arbeitgeber sprechen, nachdem er erfahren hatte, wohin wir wollten. Nach einigem Hin und Her nannte er uns den Preis. »Vorausbezahlung, versteht sich, und Rückfahrt inklusive! Schließlich werd ick in dem Kaff da wohl kaum eenen finden, der mit 'ner Taxe nach Berlin will!«

Hannah gab ihm ein paar von den blauen Scheinen, dann

hielt er endlich den Schnabel und überließ *Radio Energy* den unterhaltenden Teil der Veranstaltung.

Wir fuhren die Karl-Marx-Allee geradeaus, bis irgendwann am Straßenrand nur noch Bäume zu sehen waren und dahinter Felder und Wiesen. Der Fahrer bekam Schwierigkeiten mit dem Empfang seines Lieblingssenders. Er musste ausweichen auf *Antenne Brandenburg.* In Rüdersdorf gab es neben einer futuristisch anmutenden Zementfabrik, deren Schornsteine die umliegenden Häuser schon ganz grau gefärbt hatten, auch ein Restaurant, das *Bei Henry* hieß – wodurch ich wieder daran erinnert wurde, dass wir heute noch nichts gegessen hatten. Hannah war still geworden. Sie hatte sich bequem zurückgelehnt und sah aus dem Fenster.

»Hast du Hunger?«, fragte ich sie, während an dem Fenster, aus dem sie schaute, ein silbergrauer BMW vorbeirauschte. Der Taxifahrer knurrte einen unverständlichen Fluch.

»Er hat versucht, mich zu vergewaltigen«, sagte sie, statt zu antworten, und ihre Stimme war fast ohne Ton. Als sie sich zu mir umdrehte, sah ich etwas in ihrem Blick, das mir Angst machte, ohne genau sagen zu können, was es war.

»Wer?«, fragte ich. »Grimm?«

»Hartmann!« Sie musste schlucken. »Ich habe es Ulrich erzählt. Daraufhin hat er das Zimmer verlassen, aber nicht etwa, um Hartmann zur Rede zu stellen, sondern um mich nicht länger anhören zu müssen. Kannst du dir das vorstellen?« Tränen traten in ihre Augen. Sie nahm die Pistole aus ihrer Handtasche, legte sie neben sich auf den Sitz und suchte so lange, bis sie ihre Papiertaschentücher gefunden hatte.

»Vielleicht hatte er Angst vor Hartmann«, sagte ich, während sie ganz selbstverständlich alles wieder einpackte.

»Grimm ist so schmierig, als wäre er mit Vaseline einbalsamiert, und Hartmann ist genau das richtige Arschloch für ihn.« Sie tupfte sich ihre Tränen ab. Die zerlaufene Wimperntusche hinterließ schwarze Flecken auf dem Zellstoff und dicke Ränder unter den Augen. Ich überlegte, ob es wirklich eine kluge Entscheidung gewesen war, Hannah die Pistole anzuvertrauen.

»Die Bar, in der ich arbeitete, als ich Grimm kennen lernte …«, fuhr sie fort. »Ich habe dir nicht erzählt, dass es ein Striptease-Lokal war. Ich stand zwar nur hinter dem Tresen, aber es hat gereicht … Hartmann war damals Mitinhaber des Ladens. Von einem Tag auf den andern war er plötzlich verschwunden. Es gab Revierstreitigkeiten im Bahnhofsviertel, bei denen er wohl den Kürzeren gezogen hatte. Danach tauchte er in Berlin auf. Aber auch hier war der Kuchen schon aufgeteilt und Hartmann ist nicht jemand, der sich mit Krümeln zufrieden gibt. Also streckte er seine Fühler weiter nach Osten aus. Ich weiß nicht genau, wo er jetzt überall mitmischt. Grimm hält sich immer ziemlich bedeckt, wenn es darum geht, über Hartmanns Geschäfte zu reden. Jedenfalls hat Hartmann sich in dem Haus bei Frankfurt an der Oder ein Video-Studio eingerichtet, und dass er darin keine Urlaubsstreifen zusammenschneidet, ist wohl klar. Seine Hauptdarsteller holt er mit Sicherheit von der anderen Seite des Flusses.«

Um nicht so laut reden zu müssen, war Hannah ziemlich dicht an mich herangerückt. Ich schaute am Fahrer vorbei vorne aus dem Fenster. Vor uns fuhr noch immer der silbergraue BMW. Auch er hatte ein Frankfurter Kennzeichen – aus dem neuen Tor zum Wilden Osten. Von Frankfurt nach Frankfurt! Ich dachte darüber nach, was Hannah mir gerade erzählt hatte.

»Und Grimm?«, fragte ich nach einer Weile. »Welche Rolle spielt er in diesem Rührstück?«

Hannah verzog angewidert den Mund. »Er würde alles tun, um persönlich voranzukommen, und er wirkt seriös. Das macht ihn natürlich beliebt bei Typen wie Hartmann. Als ich ihn kennen lernte, wusste ich nicht, dass er vorwiegend Leute aus dem Milieu verteidigte. Später habe ich es wohl nicht wissen wollen.« Mit einer flüchtigen Bewegung fuhr sie sich durchs Haar. »Ich glaube, ich bin mit der Absicht nach Berlin gekommen, ihn zu verlassen. Man kann sich den Anlass nicht immer aussuchen.« Sie lachte bitter. »Es ist übrigens merkwürdig, dass Grimm sich so leicht überreden ließ, Hartmann nach Berlin zu folgen. Mir war das damals nicht aufgefallen, weil ich unbedingt zurück wollte, aber wenn ich es jetzt bedenke ... Er ist nicht der Typ, der alles stehen und liegen lässt, um irgendwo neu anzufangen. Vielleicht hast du Recht, vielleicht hat ihn Hartmann mit irgendetwas unter Druck gesetzt.«

Ich nickte. Es machte keinen Sinn, weiter zu spekulieren. Ich wurde das Gefühl nicht los, dass an diesem Tag noch eine ganze Reihe von Fragen ihre Antwort finden würden.

»Stopp!«, schrie Hannah plötzlich. »Hier rechts!«

Der Fahrer kriegte die Kurve nur gerade eben und knurrte wie ein bissiger Hofhund. Wir fuhren an einem kleinen Teich vorbei, hinter dem eine alte Holzscheune darauf wartete, endlich in sich zusammenzufallen. Auf einem schmalen Schlängelweg kam uns ein Pferdefuhrwerk entgegen, sodass unser Fahrer rechts ranfahren musste, um es vorbeizulassen, was seine Laune nicht gerade verbesserte. »Quer durch die Taiga«, schimpfte er, während wir – für mein Empfinden etwas zu schnell – ein Sägewerk passierten, auf dessen Hof ein Arbeiter stand, der uns lange hinterherblickte. Wahrscheinlich kam es nicht allzu oft vor, dass sich ein Taxi mit Berliner Kennzeichen hierher verirrte.

An einem Waldstück endete die Straße und es führte nur noch ein Sandweg weiter, in den der Regen im Laufe der Zeit tiefe Löcher gegraben hatte. Es waren jedoch deutlich Reifenspuren zu sehen.

»Geradeaus!«, sagte Hannah, als sie merkte, dass der Fahrer zögerte.

Der Wagen schaukelte und ächzte wie ein Fischkutter bei stürmischer See.

Nach zwanzig Metern streikte unser Chauffeur endgültig. »Ick hab schließlich keenen Jeländewagen!«

»Gut«, sagte Hannah. »Es ist nur noch ein kleines Stück. Das können wir zu Fuß gehen.«

Draußen im Grünen

Als ich das Haus einsam hinter dem Waldstück stehen sah, war ich froh, dass ich den Fahrer gebeten hatte, auf uns zu warten und, wenn wir nach einer halben Stunde nicht zurück sein sollten, die Polizei zu verständigen. Er hatte mich zwar nur verständnislos angeguckt, doch nachdem ihm Hannah einen weiteren Schein zugesteckt hatte, sagte er in gewohnter Miesepetrigkeit: »Meinetwegen«, schaute auf seine Armbanduhr und holte eine *BZ* aus dem Handschuhfach. Es war mir eigentlich ein Rätsel, warum er die ganze Zeit über so schlecht gelaunt war. Im Grunde musste er doch froh sein: Er machte keinen schlechten Schnitt, brauchte weder stundenlang an Taxiständen in einer Schlange zu warten noch mit nörgligen Kunden im Stau zu stehen. Aber vielleicht war es gerade das, was ihn störte: das Ungewohnte. Wenn man in seinem Job erst mal einen bestimmten Level der Abgestumpftheit erreicht hatte, war man vielleicht nicht mehr besonders scharf auf Abwechslung.

»Sieht aus, als wäre es in besseren Tagen mal eine Wirtschaft gewesen, ein Ausflugslokal oder etwas Ähnliches«, sagte ich zu Hannah.

Wir standen am Waldrand und schauten zum Haus. Es hatte zwei Stockwerke, eine Terrasse, die so breit war wie die gesamte Vorderfront, und ein am Giebel provisorisch mit Planen ausgebessertes Ziegeldach. Vor den vorderen Fenstern im Erdgeschoss waren die Jalousien heruntergelassen. Auf dem Grundstück, das von einem zirka ein Meter hohen Holzzaun begrenzt wurde, befand sich ein Haufen mit allem möglichen Schrott: verrostete Gartenmöbel, ein alter Schwarz-Weiß-Fernseher, mehrere Kleiderständer, ein kompletter Tresen, eine Tiefkühltruhe et cetera. In der Einfahrt standen hintereinander der weiße BMW und ein schwarzer Range Rover. Hartmanns Mercedes befand sich vielleicht in der Garage, die etwas nach hinten versetzt neben dem Haus stand.

Obwohl ich nie bei der Armee war, funktionierte der Reflex einwandfrei: Ich warf mich zu Boden und zog Hannah mit hinunter.

»He!«, rief sie. »Davon habe ich schon immer geträumt, dass in dir mal so was wie Temperament erwacht.«

»Pssst!« Ich legte den Finger auf meine Lippen und zeigte zum Haus.

Zwei Männer waren aus einer Tür an der Seite herausgetreten und fingen an, Kisten in den Rover zu laden. Obwohl die beiden recht gut gebaut waren, hatten sie ganz schön zu schleppen.

»Ich glaube, den einen kenne ich«, flüsterte Hannah. »Der war Türsteher in der Bar, in der ich gearbeitet habe.«

Nach fünf Minuten fuhren sie in dem beladenen Geländewagen an dem Gebüsch vorbei, hinter dem wir uns mittlerweile versteckt hatten. Der Blick auf das Nummernschild war nur noch Routine. Selbstverständlich kam der Wagen aus Frankfurt, aus jenem Frankfurt, in dem jeder bei dem Wort Sachsenhausen eher an Apfelwein denkt als an Konzentrationslager.

Nach weiteren fünf Minuten, in denen unsere Mägen um die Wette knurrten, verließen wir unser Versteck. Seit der Abfahrt des Rovers hatte sich nichts mehr getan. Wir näherten uns dem Haus von vorne. Ich wollte nicht, dass wir allzu zeitig entdeckt wurden. Die Jalousien vor den unteren Fenstern versperrten den Blick. Also mussten wir nur möglichst schnell aus dem Blickfeld der oberen Fenster, das heißt so dicht wie möglich ans Haus herankommen. Der Zaun war auch für Hannah kein Problem.

So schlichen wir in der Hoffnung, nicht gesehen worden zu sein, um das Haus herum. Die Tür zum Seiteneingang, durch den Hartmanns Handlanger gekommen waren, ließ sich von außen nicht öffnen. Sie hatte keine Klinke, nur einen Knauf. Auf der Rückseite des Hauses führte eine Treppe hinunter zum Keller. Die Tür war zwar verschlossen, aber nur mit einem einfachen Schloss. Ich holte mein Schlüsselbund heraus und probierte die Schlüssel aus, die passen könnten. Der erste hatte einen zu großen Bart. Auch der zweite klemmte zuerst im Schloss, aber als ich die Tür ein bisschen an den Rahmen heranzog, ließ er sich drehen. Hannahs Gesicht war voller Anspannung, als ich die Klinke vorsichtig herunterdrückte und die Tür langsam öffnete. Sie knarrte nur ganz leise. Bevor wir den Raum dahinter betreten konnten, musste ich ein paar leere Bierfässer zur Seite rücken. Durch diese Tür war offensichtlich schon seit einer ganzen Weile niemand mehr gekommen. Ich suchte nach einem Lichtschalter, aber der befand sich wahrscheinlich am anderen Ende des Kellers, wo eine Treppe sein musste, die zum Haus hinaufführte.

Hannah blieb ganz dicht an meiner Seite. »Ich hatte schon als Kind schreckliche Angst vor der Dunkelheit«, flüsterte sie und griff nach meiner Hand.

Trotzdem machte ich die Tür wieder zu, sodass nur noch ein schwacher Lichtschein durch die kleinen verdreckten Milchglasscheiben hereinfiel. Ich zog mein Feuerzeug aus der Tasche und wir tasteten uns langsam an Regalen mit Brechbohnen aus DDR-Produktion, leeren Einweckgläsern und allem möglichen verrotteten Krempel vorbei. Mit der Zeit wurden die Metallteile am Ende des Feuerzeugs ziemlich heiß, sodass ich immer wieder loslassen musste und die Flamme erlosch. An das Ende des Raumes schloss sich ein Gang an, der zugestellt war mit Pappkartons. Gott sei Dank gab es hier einen Lichtschalter. Nicht nur Hannah atmete auf – sie hatte Spinnweben im Haar –, auch ich war froh, denn meine Daumen taten langsam weh. In den Kartons, die mit den Namen japanischer Elektronikkonzerne bedruckt waren, befanden sich nur leere Plastikhüllen und weiße

Schaumstoffteile – offensichtlich die Reste von Hartmanns Neuanschaffungen.

Hinter dem Kartonstapel gab es tatsächlich eine Treppe, die hinaufführte. Eine Weile lauschten wir an der Tür, bevor ich vorsichtig die Klinke runterdrückte.

Was jetzt passierte, würde passieren, ohne dass ich wusste, wie ich dafür sorgen konnte, dass am Ende alles gut ausging. Zugegeben, das waren keine besonders guten Voraussetzungen. Zumal unsere Kontrahenten keine Rosen züchteten. Der Hase hat Recht, wenn er wegläuft – heißt ein polnisches Sprichwort. Aber mittlerweile hatte ich mich von allem verabschiedet, was klug war und irgendwie einer bewussten Entscheidung ähnelte. Ich war ein Spezialist geworden im Passierenlassen. Erschwerend kam eine mir eigene Idiotie hinzu, die sich insofern von wahrem Heldentum unterschied, als es noch immer kein Synonymwörterbuch gab, in dem das Wort *Mut* unter dem Begriff *Dummheit* zu finden war – und umgekehrt.

Die Kellertür, durch die wir gekommen waren, ging von einem Flur ab, von dem eine weitere Treppe zu dem oberen Stockwerk führte. Links neben uns befand sich ein Seiteneingang zum Haus. Der Schlüssel steckte im Schloss. Durch eine angelehnte Tür dröhnte eine laute Männerstimme.

»Hartmann?«, fragte ich Hannah leise.

Sie nickte.

»Der Witz war nicht schlecht«, sagte Hartmann. »Hör zu, Ulli! Wenn du wieder in Berlin bist, gibst du die neuen Angebote ins Netz ein. Und denk dir ein anderes Pseudonym aus, die Sittenwächter sind wieder mächtig am Schnüffeln. Komm aber gleich zurück, sobald du alles erledigt hast. Ich treffe mich heute Abend mit dieser polnischen Schlampe, sodass die Aufnahmen mit ihrer Tochter morgen losgehen können. Ach ja, du kannst die Kleine dann auch gleich ins Netz eingeben. Sagen wir ab übermorgen für 500 Mark frei Haus. Hauptsache wir erleben nicht wieder so ein Theater wie mit dieser hysterischen Ziege aus Stettin und ihrem Bengel.«

»Du solltest mit diesen Kindergeschichten aufhören, bis Gras über die Sache gewachsen ist.«

Ich sah Hannah an. »O-Ton Ulrich Grimm!«, stand in ihrem Gesicht und: »Das Schwein!«

»Meine Kunden sind nun mal ganz besonders kinderlieb«, erwiderte Hartmann gelassen. »Und sie sehen gerne Kinderfilme. Da wäre es aus betriebswirtschaftlicher Sicht ganz unverantwortlich, über einen längeren Zeitraum nicht zu produzieren. Außerdem wird Pawel ja inzwischen seinen Fehler wieder gutgemacht haben. Also gibt es keinen Grund, die besten Angebote länger zurückzuhalten. Diese unappetitliche Angelegenheit ist vorbei und vergessen.«

Was ich verstand, reichte aus, um mir den Magen umzudrehen. Obwohl er leer war, hätte ich kotzen können. Auch Hannah schien mir erheblich blasser geworden zu sein.

»Ich weiß nicht, Udo«, quengelte Grimm. »Wenn du mich fragst …«

»Wer fragt dich denn? Ich trage hier die Verantwortung! Sieh lieber zu, dass du Land gewinnst! Pawel wird sicher schon auf dich warten.«

Grimm kam aus dem Zimmer und ließ auf der Stelle seinen Aktenkoffer fallen. »Hannah!« Er riss die Augen auf, dass ich befürchtete, er könnte seine Haftschalen verlieren, falls er welche trug. Außerdem vergaß er, seinen Mund zuzumachen.

»Hallo Ulrich, entschuldige, aber ich hatte noch etwas vergessen. Henry kennst du ja bereits.« Wie immer gelang es Hannah ganz gut, ihre Unsicherheit zu überspielen. Was mich allerdings erstaunte: Sie lächelte sogar.

Natürlich ließ auch Hartmann nicht lange auf sich warten. Er war nicht so fett, wie ich ihn mir vorgestellt hatte, aber deshalb nicht unbedingt sympathischer. Abgesehen von dem, was ich gerade aus seinem Munde hatte mitanhören müssen, hätte ihn sein unverschämt überlegenes Grinsen und der Umstand, dass er eine Pistole in der Hand hielt, deren Mündung in unsere Richtung zeigte, auf meiner Beliebtheitsskala noch weiter in Richtung Orkus sinken lassen, wenn er nicht schon längst dort angekommen wäre.

»Hannah, Liebes! Das ist aber eine nette Überraschung«, sülzte er. »Ich dachte schon, du hättest mir bei unserer letzten Begegnung irgendwas übel genommen. Du weißt ja, ich habe manchmal so eine direkte Art. Aber, wie ich sehe, du bist nicht nachtragend und kommst, um deinen alten Freund Udo zu besuchen – und selbstverständlich auch deinen Mann, den beneidenswerten Burschen.« Er gab Grimm einen Stoß, sodass dieser fast über den Aktenkoffer gefallen wäre, den er gerade aufheben wollte. »Ich habe heute erst zu Ulli gesagt: Die Hannah, das ist ein intelligentes Mädchen, früher oder später wird sie einsehen, dass man wegen ein paar Unstimmigkeiten nicht gleich den Schlüssel zum Glück in den nächsten Gully schmeißt. Nicht wahr, Ulli?«

Grimm sah ihn an, sagte aber kein Wort.

Damit hatte Hartmann wohl auch nicht gerechnet. »Wie unhöflich von mir, euch im Flur stehen zu lassen«, plauderte er munter weiter. »Kommt schon, tretet ein in die heiligen Hallen!« Mit der rechten Hand, in der er auch die Pistole hielt, machte er eine weit ausholende Geste in Richtung der offenen Tür. Bei der Anrede im Plural schien er mich zum ersten Mal wahrzunehmen. Außerdem registrierte ich, dass er die Umstände unseres Eindringens nicht weiter hinterfragte, als wäre es völlig normal, dass plötzlich jemand bei ihm im Korridor stand, obwohl die Haustür verschlossen war.

»Würde es dir etwas ausmachen, das Ding wegzulegen?«, sagte Hannah.

Hartmann steckte, noch immer grinsend, seine Pistole in die rechte Tasche seines pastellfarben changierenden Jacketts. »Hier draußen kann einem schon manchmal ein bisschen unheimlich werden, so einsam am Wald. Deshalb ...« Er klopfte auf die Tasche, in der sich seine Waffe nun befand.

Hannah und ich verstanden uns ohne Absprache. Wir machten erst Anstalten, Hartmanns Aufforderung zum Betreten des Zimmers zu folgen, nachdem er und Grimm vorangegangen waren.

Das Zimmer war eigentlich kein Zimmer, sondern ein mittlerer Tanzsaal. Das Parkett war sogar noch einigermaßen in Ordnung. Doch Hartmann führte anderes im Schilde, als mit Mopeds heranknatternden, brünstigen Teenagern jedes Wochenende Cola mit Wodka zu verkaufen. Deshalb hatte er den Raum mit schwarzen Vorhängen unterteilt.

In einem der so entstandenen separaten Bereiche stand ein Bett mit knallrotem Überwurf und mehreren Plüschkissen, dahinter zwei Plastikpalmen, drum herum Kameras und Scheinwerfer.

»Mein Studio«, sagte Hartmann und führte uns weiter.

In dem hinteren Bereich, der mit Filz ausgelegt war, befand sich jede Menge Technik für die Nachbearbeitung von Videos: Mischpult, Schneidetisch, Hi-Fi-Anlage, Computer et cetera. In einer Ecke standen mehrere Kisten mit leeren Videohüllen. Hartmann war nicht so dumm, irgendetwas Aussagekräftiges offen rumliegen zu lassen. Er führte uns in den Barbereich. Neben Ledersesseln, die um einen runden Glastisch gruppiert waren, standen eine weitere Plastikpalme sowie eine gläserne Säule, die mit einer ständig die Farbe wechselnden Flüssigkeit gefüllt war, in der Luftblasen aufstiegen. Den rustikalen Tresen, der ja als Sperrmüll im Vorgarten stand, hatte Hartmann durch eine bügelbrettförmige Tischplatte auf verchromten Säulenfüßen ersetzt. Dahinter befanden sich eine Spiegelglaswand und die Bar. Ich starrte auf ein buntes, abstraktes Schmiergemälde von der Sorte, wie sie Rechtsanwälte für die Ausschmückung ihrer Kanzleiräume bevorzugten in dem Irrglauben, damit Kunstverständnis oder gar Stil zu beweisen. Vielleicht stand Grimm seinem Freund auch in ästhetischen Fragen als Ratgeber zur Seite.

»Ich überlege schon die ganze Zeit, woher ich Sie kenne«, sagte Hartmann plötzlich und sah mich direkt an. Er war etwa Ende vierzig. Seine Augen waren klein und grün. Durch eine Maske der Freundlichkeit musterten sie mich kalt und abschätzend. Dann drehte er sich zur Seite und massierte seine Augendeckel. »Sagen Sie nichts! Ich habe eine gutes Gedächtnis für Gesichter.« Er verschwand hinter einem der Raumteiler. Als er wieder hervorkam, hielt er triumphierend die Zeitung mit dem aufgeschlagenen Bericht über den Mord an Agnes in den Händen und warf sie auf den Glastisch.

»Ich wusste doch, dass ich Ihr Gesicht schon einmal gesehen habe, Herr P., oder bleiben wir gleich bei den Vornamen: Henry, ich heiße Udo! Darauf müssen wir anstoßen.« Er sprang hinter sein Bügelbrett und holte eine Flasche Champagner aus einer Kiste. Sein schauspielerisches Talent war durchaus beeindruckend. Trotzdem fand ich, dass es jetzt an der Zeit war, mit dem Theater aufzuhören.

»Lassen Sie den Blödsinn, Hartmann! Wir sind nicht gekommen, um mit Ihnen eine Party zu feiern. Sie wissen genau, dass es dafür keinen Anlass gibt.«

»Wie schade«, sagte Hartmann gelassen und zeigte dabei seine Jacketkronen. Er ließ den Korken knallen und goss vier Gläser voll. »Vielleicht überlegt es sich ja noch jemand!« Aber niemand, nicht einmal Grimm, der steif und stumm neben der Palme stand, wollte mit ihm trinken. Hartmann zuckte nur mit den Schultern und führte das Glas zu seinen Lippen.

»Worauf trinken Sie?«, fragte ich ihn. »Auf eine tote Frau, einen Schwerverletzten und auf ein totes Kind? Wohl bekomm's!« Ich nahm die aufgeschlagene Zeitung vom Glastisch und knallte sie auf die Tischplatte. Mir war eine kurze

Meldung aufgefallen, der ich vorher keine Beachtung geschenkt hatte, weil ich einzig und allein mit den freimütigen Äußerungen meines Freundes Röntsch beschäftigt gewesen war. Unter der Überschrift *Kinderleiche im Wald*, stand dort:

> Ein Forstarbeiter fand in einem Waldstück bei Frankfurt (Oder) die Leiche eines zwölf- bis dreizehnjährigen Jungen, die Würgemale am Hals und eine tiefe Wunde am Hinterkopf aufwies. Die Polizei kann ein Sexualverbrechen nicht ausschließen. Die Identität der Leiche ist bislang noch ungeklärt.

Mit anderen Worten: Wir brauchten nach dem Sohn von Agnes nicht weiter zu suchen.

»Ich bin ein harmloser Mensch«, sagte Hartmann achselzuckend, »der so frei war, seinen Gästen ein Glas Champagner anzubieten. Ist das neuerdings ein Verbrechen?«

»Nimm die Hände hoch!«, schrie Hannah plötzlich. Wie in Detektivfilmen, in denen Frauen die Hauptrolle spielten, hielt sie Andrzejs Pistole mit ausgestreckten Armen in beiden Händen. »Und du auch!«, sagte sie zu Grimm, indem sie mit einem Schwenk die Waffe kurzzeitig auf ihn richtete. Er gehorchte auf der Stelle.

Hartmann jedoch, der während er mit mir redete, die rechte Hand in seine Jacketttasche hatte gleiten lassen, grinste nur frech und sagte: »Aber Hannah!«

Im selben Moment krachte ein Schuss. Hartmann schrie auf und hielt sich die Hände vors Gesicht. Auf dem Bartresen und im Umkreis von mehreren Metern lagen Glasscherben verstreut. Von der Tischplatte tropfte Flüssigkeit. Auch die abstrakte Scheußlichkeit an der Wand war etwas feucht geworden.

Also doch, dachte ich, die Pistole war also doch geladen. Hannah hatte die Champagnergläser getroffen, die Hartmann so schön nebeneinander aufgestellt hatte. Obwohl ihr der Schrecken anzusehen war, hielt sie die Waffe tapfer auf Grimm gerichtet, der blass und mit offenem Mund hinüber zu seinem Chef starrte.

Ich sprang zu Hartmann und nahm ihm seine Pistole ab. Er hatte noch immer die Hände vorm Gesicht und fluchte: »Scheiße, verdammt! Ist die denn wahnsinnig geworden?«

Hannah befahl Grimm, sich in einen der Ledersessel zu setzen. Vermutlich konnte sie nicht mehr mit ansehen, wie verkrampft er dastand. Währenddessen begann sich Hartmann über einem Spülbecken, das in einer Nische versteckt war, das Blut aus dem Gesicht zu waschen. Glassplitter hatten ihn an der rechten Schläfe und an der Augenbraue getroffen. Vermutlich steckten sie in der blutenden Wunde. Hartmann konnte froh sein, dass es ihn nicht zwei Zentimeter weiter unten erwischt hatte. Er versuchte, ein paar Splitter herauszuziehen. Sein Jackett, die hellen Hosen, alles war blutbefleckt. Auf seiner rechten Gesichtshälfte klebte eine dünne, rote Schicht. Wenigstens grinste er jetzt nicht mehr.

Mit seiner eigenen Waffe dirigierte ich ihn zu Grimm in einen Ledersessel. Ich sah auf die Uhr. Jetzt müsste der Taxifahrer eigentlich die Polizei rufen. Aber wetten wollte ich darauf nicht.

»Die Polizei wird gleich hier sein«, sagte ich. »Solange kann uns Herr Hartmann erzählen, was mit Agnes Brzyska und ihrem Sohn passiert ist.«

Hartmann polkte einen weiteren Glassplitter aus seiner Wunde und verzog das Gesicht. »Du bist wahnsinnig, Palmer!«

Er kannte also doch mehr von meinem Familiennamen als nur den Anfangsbuchstaben.

»Gut«, sagte ich. »Dann werde ich beginnen. Sie können mich jederzeit unterbrechen, wenn Sie etwas zu ergänzen oder richtig zu stellen haben.«

Grimm und Hartmann saßen nebeneinander in den Ledersesseln. Hannah und ich standen ihnen gegenüber, jeweils mit einer Pistole in der Hand – wie Hunter und seine Partnerin. Aber etwas an Hannah gefiel mir nicht. Sie war so still und blass, stand da wie erstarrt. »Alles in Ordnung?«, fragte ich sie und bot ihr an, sich ebenfalls zu setzen, aber sie wollte nicht. »Bist du sicher?«

Sie nickte und pustete sich eine Haarsträhne aus dem Gesicht. Ich hatte wirklich kein gutes Gefühl. Am liebsten wäre es mir gewesen, wenn sie die Pistole wieder zurück in ihre Handtasche gesteckt hätte. Doch das konnte ich schlecht von ihr verlangen. Vielleicht hatte sie einen Schock. Es gehörte schließlich nicht gerade zu ihren Lebensgewohnheiten, in der Gegend herumzuballern. Wenn ich daran dachte, dass ich das Ding benutzen sollte, das ich in meiner Hand hielt ... Ich war mir nicht einmal sicher, ob ich rein technisch dazu in der Lage war.

»Also schön, Hartmann«, brachte ich mich wieder auf andere Gedanken. »Hannah hat mir von Ihrem Klub in Frankfurt erzählt, dass Sie dort die Zelte abgebrochen haben von einem Tag auf den andern, kurze Zeit später in Berlin aufgetaucht sind und so weiter und so fort. Als Ihnen klar wurde, dass die neue Hauptstadt nicht gerade auf Sie gewartet hat und auch die alten Verbindungen nicht mehr so funktionierten wie früher, kamen Sie auf die geniale Idee, Ihre Lage geografisch zu betrachten. Die Nähe zu Polen – daraus müsste sich doch Kapital schlagen lassen. Also kauften Sie diese heruntergekommene Waldklause und richteten darin in aller Bescheidenheit ein Porno-Studio ein. Die Produktionskosten waren hier so gering wie nirgendwo sonst in Deutschland. Ihre Darsteller, denen Sie weniger bezahlten als das Deutsche Theater seinen Kleindarstellern, besorgten Sie sich über Inserate in polnischen Zeitungen. Das restliche Personal war sicher auch nicht besonders teuer – vielleicht ein arbeitsloser, versoffener Kameramann und ein paar Techniker vom ehemaligen Fernsehen der DDR.«

Hartmann schüttelte verständnislos den Kopf. Er sagte jedoch nichts – was ich als Bestätigung auffasste.

»Beim Vertrieb halfen Ihnen Ihre alten Kontakte, die wir in Gestalt der beiden Rambos im Range Rover gerade bewundern durften. Außerdem hatte Ihr neuer Standort einen weiteren entscheidenden Vorteil: Sie konnten Ihre Adresse in Berlin behalten, um zu gegebener Zeit Ihr Treiben, das Sie dann ebenso euphemistisch wie schwammig als Ost-West-Handel im Gewerbeamt hätten eintragen lassen, auszuweiten und so weit wie möglich zu legalisieren. Dazu brauchten Sie Ihren alten Freund Grimm, der Ihnen anscheinend noch einen Gefallen schuldig war und dem Sie, bis es so weit war, übergangsweise einen Job als Mädchen für alles anboten.«

Grimm starrte auf Hannah, die auf seine Stirn zielte.

»Nebenbei fingen Sie an, die neuen Medien für sich zu entdecken. Ganz nach dem Motto: Die Datenautobahn – dein Strich mit Zukunft! – speisten Sie das Netz mit Angeboten wie: Tabulose, junge Polenmodelle besuchen Sie diskret in Lack oder Dessous. Selbstverständlich unter Pseudonym. Ich nehme an, die Mädchen haben Sie solange da oben einquartiert.« Ich zeigte zur Decke. »Und dann gibt es noch die vielen heimlichen Päderasten und Pädophilen, um die sich Udo Hartmann selbstverständlich auch kümmern musste, zumal diese Leute sich besonders erkenntlich zeigen, wenn man ihre Neigungen bedient. Daraus ergaben sich jedoch Probleme, Besetzungsprobleme zum Beispiel. Auch die Polen lieben ihre Kinder. Und welche Mutter ist schon begeistert, wenn ihr Jüngster ein Angebot für eine Hauptrolle in einem Pornostreifen bekommt. Also kamen Sie auf die Idee, als Heiratswilliger aufzutreten – mit besonderem Interesse für Frauen mit Kindern. Auf diese Weise lernten Sie Pawel kennen, den Sie sofort engagierten. Er lockte Ihre Opfer nach Berlin, wo Sie sich mit ihnen trafen, um sie bald darauf hierher zu bringen. Dann machten Sie ihnen ein Angebot: fünfhundert Mark für die Frau Mama, wenn sie Ihnen ihren Nachwuchs für eine Woche anvertraute. Wollte eine Frau darauf nicht eingehen, drohten Sie ihr. Vermutlich war Pawel Ihnen auch dabei eine große Hilfe. Jedenfalls brachte er die Frauen noch am gleichen Abend wieder zurück über die Grenze – und eine Woche später auch die Kinder. Ihnen konnte nicht viel passieren. Sie waren inkognito aufgetreten und auf einem Umweg hierher gefahren, sodass es für die Frauen, die kaum ein Wort Deutsch sprachen, unmöglich war, Sie ausfindig zu machen. Vorausgesetzt, alles verlief planmäßig.«

Hartmann drückte mit der einen Hand ein blutiges Handtuch gegen die Stirn, mit der anderen massierte er wieder seine Augendeckel. »Bei deiner blühenden Fantasie solltest du Schriftsteller werden, Palmer. Aber du wirst verstehen, dass ein Mann wie ich etwas anderes zu tun hat, als …« Er machte Anstalten aufzustehen.

»Sitzen bleiben oder ich schieß dir die Eier weg!«, sagte Hannah in einem Ton, der mich zusammenfahren ließ und auch Hartmann davon überzeugte, dass es besser für ihn war, wenn er tat, was sie sagte.

»In Gewalt zweier Wahnsinniger«, seufzte er. »Was sagst du dazu, Ulli?«

Ulli sagte nichts. Er saß da wie versteinert und glotzte unverändert in die Mündung von Hannahs Pistole.

»Menschen machen Fehler«, nahm ich meinen Faden wieder auf. »Und Pawel machte einen großen Fehler, als er mit Agnes und ihrem Sohn zum Bierbar-Peter, der schon längst aus dem Geschäft raus war, gefahren ist, weil Sie zu dem vereinbarten Termin nicht erschienen sind. Sind Sie im Stau stecken geblieben?«

Zum ersten Mal seit dem Schuss fand Hartmann zu seinem Grinsen zurück. Es wirkte jedoch etwas säuerlich.

»Pawel rief Sie von der Kneipe aus an, eine halbe Stunde später waren Sie da. Aber Sie hatten eine Spur hinterlassen, und das sollte sich rächen. Außerdem machten Sie den Fehler, trotz des verpatzten Beginns und obwohl Agnes massiven Widerstand leistete, als sie erfuhr, worum es Ihnen eigentlich ging, alles durchzuziehen wie geplant. Warum Sie den Jungen umgebracht haben, weiß ich nicht. Vermutlich eine Kurzschlussreaktion. Ein entscheidender Fehler zieht viele andere nach sich. Jeder Schachspieler weiß, wovon ich rede. Der Junge hat sich gewehrt und Ihnen Schwierigkeiten gemacht, versucht abzuhauen, was weiß ich. Da haben Sie ihm kurzerhand den Schädel eingeschlagen. Vielleicht wollten Sie ihn auch gar nicht töten. Vielleicht haben Sie in Ihrer Wut nur ein bisschen zu doll zugeschlagen. Kann ja in der Aufregung mal passieren! Dann wird die Leiche eben auf die Schnelle im Wald verscharrt. Oder hat das auch Pawel für Sie erledigt?«

»Keine Ahnung, wovon Sie reden!« Er zuckte mit den Achseln und sah zur Decke.

»Jedenfalls war das wiederum keine sehr professionelle Arbeit. Schon am nächsten Tag wurde die Leiche von einem Forstarbeiter gefunden. Und zu allem Überfluss tauchte auch noch Agnes in *Peters Bierbar* auf und wollte ihren Sohn wiederhaben. Klar, dass sie Ärger gemacht hätte. Also musste auch sie unbedingt verschwinden. Um Zeit zu gewinnen, schickten Sie Grimm und Pawel in die Neuköllner Kneipe, damit sie sie erst einmal beruhigten und, wenn möglich, danach in einen Zug nach Polen setzten. Für den Fall, dass Agnes nicht darauf eingehen sollte, gaben Sie Pawel die Anweisung, sie zu beseitigen, bevor sie zur Polizei gehen konnte. Ihre beiden Gehilfen gaben sich den ganzen Abend Mühe, sie mit Scheinangeboten und falschen Versprechungen hinzuhalten. Gegen null Uhr musste Grimm jedoch seine Frau abholen und wir alle wissen, dass Ulrich Grimm ein gewissenhafter Mensch ist. Also setzte er Agnes und Pawel am Gendarmenmarkt ab und gab ihnen Geld für ein Taxi zum Hauptbahnhof. Zu der Verhandlung, die auf Polnisch geführt wurde, konnte er sowieso nicht viel beitragen. Ich bin sogar überzeugt davon, dass er von dem Mordauftrag gar nichts wusste.« Diesen Satz sagte ich vor allem für Hannah. Ich hatte wirklich Angst, sie könnte etwas tun, was sie später bereute. »Vielleicht hatten sich zum Schluss die Wogen etwas geglättet«, spekulierte ich weiter. »Vielleicht stellten sich Ermüdungserscheinungen auf beiden Seiten ein. Jedenfalls vermittelte Pawel Grimm den Eindruck, Agnes würde nach Hause fahren, es sei ihm gelungen, sie zu beruhigen. Vom Gegenteil konnte ich mich überzeugen, als ich ungefähr eine halbe Stunde später aus den *Turmstuben* kam. Sind dir die beiden nicht aufgefallen, als du mit deinem Mann zum Auto gegangen bist?«, fragte ich Hannah, eigentlich nur, um ihre Stimme zu hören und dadurch vielleicht einen Anhaltspunkt zu bekommen, was mit ihr los war.

Hannah schüttelte nur den Kopf, ohne Grimm und den Lauf der Pistole aus den Augen zu lassen.

»Dann waren Agnes und Pawel sicher noch auf der anderen Seite vom Platz, vielleicht in der Nähe der Taxis«, lieferte ich selbst eine Erklärung. »Nach unserer Kollision verfolgte Pawel Agnes und mich im Taxi. Dafür gibt es einen

Zeugen: den Taxifahrer. Pawel wartete, bis ich die Wohnung verlassen hatte, dann schlich er sich hoch, um Agnes umzubringen. Das Schloss war für ihn kein Problem. Er beschädigte es nicht einmal. Alles ging schnell und leise. Agnes hatte schon geschlafen, als er das Kissen auf ihr Gesicht drückte. Es dauerte nicht viel länger als fünf Minuten, dann hatte er Ihren Auftrag erledigt, Hartmann. Sie glaubten, die Sache wäre ein für alle Mal ausgestanden. Doch anderthalb Tage später stand Agnes' Bruder in *Peters Bierbar* und verlangte, Sie zu sprechen. Ich hätte gern Ihr Gesicht gesehen, als Peter, der Wirt, wieder bei Ihnen anrief. Sie müssen die Kontrolle verloren haben, denn Sie gaben Pawel und Grimm den Auftrag, Andrzej niederzustechen. Oder hat Pawel wieder ein bisschen improvisiert? Aber umbringen sollte er ihn doch? Sie hatten ein dringendes Interesse daran, dass endlich alle Spuren beseitigt waren. So hätte es ausgesehen wie ein Streit zwischen rivalisierenden Ausländerbanden. Die Ermittlungen wären sicher bald eingestellt worden. Solange sich die Illegalen hier gegenseitig die Köpfe einschlagen, interessiert sich niemand dafür. Schnell noch den Wirt eingeschüchtert, damit er für immer die Klappe hält. Ich bin sicher, Ihre Rechnung wäre aufgegangen, Hartmann, wenn, ja wenn Andrzej nicht überlebt hätte. Und wenn er nicht vorher bei mir gewesen wäre. Und wenn ich sein Bild nicht in der Zeitung gesehen hätte, *Peters Bierbar* schön im Hintergrund ...«

Ich hörte ein metallenes Klacken und sah sofort zu Hannah. Auch Hartmanns Kopf fuhr herum. Sie zielte mit ihrer Waffe auf Grimms Stirn und drückte den Auslöser.

»Hannah!«

Sie drückte wieder und wieder ab. Aber in der Waffe war offensichtlich nur eine einzige Patrone gewesen und die hatte sie vorhin schon auf Hartmann abgefeuert.

Glück für Grimm! Und Glück für Hannah!

Sie drückte den Auslöser so lange, bis ich ihr die Pistole aus den Händen nahm. Tränen traten in ihre Augen.

»Es ist nichts passiert, Hannah, bitte beruhige dich.«

Für einen Moment vergaß ich unsere beiden Freunde. Aber der Schock, den Hannahs Mordversuch bei ihnen ausgelöst hatte, hielt noch an. Sie saßen da und rührten sich nicht. Grimm sah aus, als wäre er doch getroffen worden: bleich und erstarrt, mit weit aufgerissenen Augen, die durch Hannah hindurch ins Leere zu blicken schienen. Auch seinem Chef war im Augenblick kein bisschen zum Grinsen zumute.

Er betrachtete Grimm von der Seite, als könne er es kaum fassen, dass dessen Hirn unversehrt hinter der glatten Stirn saß und nicht von der Wand auf den Fußboden tropfte. Außerdem wunderte er sich wahrscheinlich darüber, dass Hannah ihren Mann erschießen wollte und nicht ihn, der doch der eigentliche Auftraggeber, Kinderschänder, Drahtzieher, Vergewaltiger, Pornodealer und Schweinehund vorm Herrn war. Das hässliche Grinsen fand wieder Platz in seinem Gesicht.

»Du bist nicht besser als dieses Schwein neben dir!«, schrie Hannah in das farblose Gesicht von Grimm, was Hartmann sichtlich amüsierte. »Du bietest Kinder über das Computernetz zur Prostitution an. Du hältst den Mund, wenn diese Drecksau mir an die Wäsche will. Wenn er Menschen benutzt und wegwirft – du siehst zu und tust, was er dir sagt, auch wenn es um Mord geht. Sicher hast du den Jungen im Wald verscharrt, nachdem er ihn umgebracht hat. Auf jeden Fall hast du das Auto gefahren, in dem der Bruder der toten Frau niedergestochen wurde. Du tust alles, was dein Herr dir befiehlt. Und warum? – Weil du ein skrupelloses, karrieresüchtiges Stück Dreck bist! Ich will nicht, dass du mit einem blauen Auge davonkommst, weil man dir nichts nachweisen kann.« Ihre Stimme überschlug sich und versagte schließlich.

»Bravo!« Hartmann klatschte in die Hände. »Großer Auftritt, Hannah!«

»Womit hat Ihr Chef Sie erpresst?«, fragte ich, ohne auf Hartmanns Zwischenruf zu achten.

Zum ersten Mal, seitdem Hannah ihn erschießen wollte, lüftete Grimm den Schleier vor seinem Blick. Er sah mich an und sagte mit ruhiger Stimme: »Ich schuldete ihm Geld. In Frankfurt hat er mir einen Kredit gegeben, damit ich meine Kanzlei eröffnen konnte. Das wusste natürlich jeder im Viertel. Und als Udo dann plötzlich verschwunden war, wollte niemand mehr etwas mit mir zu tun haben. Aus der Szene, meine ich, aber andere Klienten hatte ich sowieso nicht mehr. Außerdem wollte Udo sein Geld zurückhaben, das er mir geliehen hatte. Als ich ihm erzählte, wie es um mich stand, betrachtete er mich quasi als sein Eigentum. Ich hatte keine Wahl.«

»Aber Sie nagen nicht gerade am Hungertuch«, warf ich ein.

Hartmann lachte. »Er hat mein Geld zum Fenster rausgeschmissen, nur um der Schlampe zu imponieren, dieser Idiot.«

»Es tut mir Leid, Hannah!«, sagte Grimm.

»Das kann nicht dein Ernst sein«, rief sie. »Deshalb hast du die ganze Zeit diesem Verbrecher zur Seite gestanden? Glaubst du, Hartmann hätte dich irgendwann ausgezahlt und einfach gehen lassen?«

»Es tut mir Leid!«, wiederholte Grimm und betrachtete den Fußboden.

»Mir kommen die Tränen«, höhnte Hartmann. »Wusstest du eigentlich, meine liebe Hannah, dass auch dein Mann auf kleine Jungs steht?«

»Du Schwein!« Grimm war aufgesprungen und wollte auf Hartmann losgehen.

Aber der war schneller. Mit wenigen Sätzen sprang er hinter seinen Bügelbretttresen, und bevor ich irgendeinen Imperativ loswerden konnte, schwenkte er eine Videokassette in den Händen wie ein rasselndes Tamburin, wobei er selbstverständlich hämisch grinste.

»Verehrtes Publikum! Gleich gibt's eine nette Überraschung.« Er klappte die Doppeltür eines Wandschranks auf, in dem ein Fernseher und ein Videorekorder standen, legte die Kassette ein und drückte auf verschiedene Knöpfe. Rechts oben auf dem Bildschirm erschienen eine Zahl und die Zeitangabe, ansonsten nur grauer Gries. »Einen Moment Geduld, gleich ...«

Die Kamera wackelte ein bisschen, aber man konnte deutlich erkennen, dass es Grimm war, der da nackt auf dem roten Bett in Hartmanns ›Studio‹ lag und sich über den hinteren Rand beugte, um etwas zu sehen, das sich auf dem Fußboden befinden musste. In Großaufnahme schrie er: »Verdammt, Udo, er bewegt sich nicht mehr, er atmet nicht mehr. Um Gottes willen, Udo!« Man hörte ein Geräusch, ein Klatschen. Grimm kroch hinter das Bett und es hatte den Anschein, als versuchte er es mit Mund-zu-Mund-Beatmung. Plötzlich bemerkte ich eine Hand, deren Gelenk mit einer Handschelle am Bettgestell befestigt war. Es war eine kleine Hand. Sie sah ganz weiß aus und merkwürdig verdreht.

Hartmanns Züge erstarrten, als er sich umdrehte und die Kugel seine Brust durchschlug. Mit weit aufgerissenen Augen sah er an sich herunter, als hätte er sich bekleckert, gab ein gurgelndes Geräusch von sich und sackte zu Boden.

»Das ist nicht witzig, Udo, das ist absolut nicht witzig«, schrie Grimm vom Bildschirm herunter. Die zweite Kugel traf den Fernsehapparat. Ein dumpfer Knall und splitterndes Glas.

Dann war Ruhe.

Grimms Hand, mit der er die Pistole hielt, zitterte. Die Waffe hatte er seinem Aktenkoffer entnommen, der jetzt halb offen neben ihm auf dem Fußboden lag. Seine Gemütsbewegung beunruhigte mich – vor allem deshalb, weil er die Knarre auf mich richtete, und wenn das eben kein Traum war, dann hatte er gerade damit jemanden umgebracht. Um ihn nicht unnötig zu reizen, ließ ich Hartmanns Pistole auf den Boden fallen.

»Ich wollte den Jungen nicht umbringen«, sagte Grimm zu Hannah, die aussah, als würde sie jeden Moment in Ohnmacht fallen. »Es war ein Unfall.«

»Klar, ein Unfall«, versuchte ich ihn zu beruhigen. »Und das mit Hartmann war Notwehr. Wir sind Ihre Zeugen.« Was sagt man nicht alles, wenn man am Leben hängt. Was tut man nicht alles, um sich unentbehrlich zu machen und den Zeitpunkt des Abgangs noch etwas hinauszuzögern.

Der Blick, den Grimm mir zuwarf, machte seinem Namen alle Ehre. Vielleicht war es doch besser, still zu sein und einen letzten Rest Selbstachtung zu behalten, so wie Hannah es tat, damit meine ungeborenen Enkel einmal zu ihren ungeborenen Enkeln sagen könnten: Er ging aufrechten Hauptes in den Tod.

»Ich hätte ihn schon viel eher erschießen sollen«, sagte Grimm auf einmal ziemlich nüchtern. »Dann wäre vieles nicht passiert. Ich hätte es wirklich tun sollen. Er war wie ein angestochener Stier, seitdem er Frankfurt verlassen hatte. Um jeden Preis wollte er beweisen, dass man ihn nicht so einfach abservieren konnte. Er war unberechenbar und gefährlich.«

»Was waren das eigentlich für Schwierigkeiten, die ihn hierher geführt haben?«, fragte ich. Ich wollte unbedingt, dass er weiterredete – unbedingt!

»Schwierigkeiten, die entstehen, wenn man sich für besonders schlau hält und seine Nase in Sachen steckt, die einen nichts angehen«, sagte Grimm und zielte auf meinen Kopf.

Nein, er war mir von Anfang an nicht sympathisch gewesen – und ich ihm vermutlich auch nicht. Im Geiste bekreuzigte ich mich – obwohl ich kein Christ bin – und schickte einen letzten Fluch an alle schlecht gelaunten, unzuverlässigen Taxifahrer Berlins.

»Ulrich!«, schrie Hannah.

Ich sah die Entschlossenheit in Grimms Gesicht und schloss die Augen.

»Verzeih mir, Hannah!«, sagte Grimm.

Der Schuss war lauter als die andern, die ich vorher gehört hatte. Mir war, als würde die Explosion direkt in meinem Kopf stattfinden, und ich wartete darauf, dass meine Seele aufstieg gen Himmel. Doch nichts dergleichen passierte. Natürlich nicht! Nur Hannah schrie. Sie schrie so laut. Alles war auf einmal so laut. Und ich dachte immer, der Tod brächte Ruhe und Erlösung. Ich spürte einen Körper, der sich an mich presste, und öffnete die Augen. Hannah drückte ihre Stirn gegen meine Brust und schluchzte. Ich hatte nicht lange Zeit, mich darüber zu freuen, dass ich noch am Leben war und nicht in der Hölle. Ich sah Grimm und mir war klar: Das Leben war die Hölle!

Er lag auf dem Fußboden mit einem Loch im Hinterkopf von der Größe eines Mondkraters, aus dem bereits eine beachtliche Blutlache auf das Parkett geflossen war. Sein Hirn und alles andere, was sich in seinem Schädel befunden hatte, klebte dort, wo es Hartmann wahrscheinlich schon gesehen hatte: an der Wand.

Meine Stimme sagte etwas, das ich nicht verstand. Ich sah die Blasen in der Glassäule aufsteigen. Die Flüssigkeit färbte sich rot. Alles färbte sich rot. Und Hannah schrie. Die Luftblasen stiegen nach oben wie die Seelen der Toten. Sie waren das Einzige, was sich in dieser Flüssigkeit bewegte, die so rot war, so rot …

Die Schuhe, die einen halben Meter vor meiner Nase standen, hatte ich schon mal gesehen: spitz zulaufende Slippers mit allerlei geflochtenem Zierwerk an den Seiten und Lederbommeln in der Mitte. Auch die Kombination mit den weißen Tennissöckchen kam mir nicht ganz unbekannt vor.

»Ich glaube, er kommt zu sich«, sagte Bönninghaus.

Ich hörte Schritte und hob den Kopf. Oeser und Bönninghaus beugten sich über mich. Sie hatten ihre Pistolengurte um die Schultern geschnallt und sahen sehr ernst aus.

»Hallo«, sagte ich.

»Hat Sie wohl ziemlich mitgenommen«, sagte Oeser. »Wollen Sie einen Schnaps aus der Hausbar von Herrn Hartmann?«

»Nein danke. Wo ist Hannah?«

»Ihre Freundin ist draußen, an der frischen Luft, um sich zu erholen. Sie hat uns schon alles erzählt. Wissen Sie, was man mit Ihnen machen sollte, Sie Wahnsinniger?«

»Helfen Sie mir doch bitte hoch, ja«, sagte ich und streckte meine Arme aus.

Oeser griff meine linke Hand, Bönninghaus die rechte. Mit einem gemeinsamen »Hau ruck!« stellten sie mich auf die Beine.

»Vielen Dank.« Mein erster Blick galt Hartmann und Grimm, die noch immer auf dem Fußboden lagen. Von draußen hörte ich Stimmen und das Knallen von Autotüren. Oeser nickte Bönninghaus zu, der daraufhin eilig den Raum verließ.

»Wissen Sie, Palmer, wenn Sie sich unbedingt selbst umbringen wollen, ist das Ihre Sache, aber dass Sie diese nette junge Dame da mit reinziehen, zeigt, dass Sie ein gemeingefährlicher Irrer sind. Ich überleg schon die ganze Zeit, was ich Ihnen anhänge, damit Sie dorthin abwandern, wo Sie hingehören: hinter Gittern! Wie wär's mit Behinderung der Ermittlungsarbeit staatlicher Organe, Zurückhaltung von Beweismaterial, bewusste Gefährdung Unbeteiligter und so weiter. Mir fällt schon was ein.« Oeser war ziemlich in Rage.

Ich zuckte mit den Schultern und schwieg. Er hatte Recht.

»Was haben Sie eigentlich gegen mich? Warum melden Sie sich nicht, wenn Sie etwas wissen, sondern starten eine hirnrissige Einzelaktion nach der andern?«

»Sie sind schwer zu erreichen«, sagte ich.

»Ach«, Oeser wischte sich Schweiß von der Stirn. »Und mit Kommissar Röntsch reden Sie wohl nicht?«

»Röntsch hatte einen Einsatz in der Mainzer Straße.«

»In welcher Mainzer Straße?«

»Keine Ahnung. Es gibt drei. Eine in Friedrichshain, eine in Wilmersdorf und eine in Neukölln.«

Oeser betrachtete mich skeptisch. Inzwischen war Bönninghaus mit den Leuten von der Spurensicherung zur Stelle. Ein Gerichtsmediziner untersuchte die Toten.

Ich hatte nur einen Wunsch: so schnell wie möglich diesen Ort zu verlassen. »Ist das Taxi noch da?«, fragte ich.

»Welches Taxi?« Oeser sah aus, als witterte er eine Chance, mich in einer psychiatrischen Anstalt unterzubringen. Das war sicher leichter zu organisieren als ein Gefängnisaufenthalt. Und es hatte den gleichen Effekt.

»Das Taxi von dem Taxifahrer, der Sie gerufen hat«, sagte ich leicht gereizt. Ich wollte jetzt wirklich nach Hause.

»Uns hat kein Taxifahrer gerufen.«

»Wer dann?«

»Niemand.«

»Und warum sind Sie hier?«

»Weil wir uns in mühsamer Kleinarbeit die Informationen beschafft haben, die Sie vorzugsweise für sich behielten.« Oeser fand langsam wieder zu seiner Gelassenheit zurück und Bönninghaus, der sich inzwischen wieder zu uns gesellt hatte, nickte überlegen.

Ich war etwas verwirrt. »Und wie … ich meine … Hannah war doch die Einzige, die wusste …«

»Geh nie mit Profis in den Ring!«, sagte Bönninghaus und machte vor lauter Überschwang eine leicht tänzelnde Bewegung.

Sein Chef sah mich an, ohne die Miene zu verziehen, und schwieg.

Wenn Oeser rauchen würde, dachte ich, dann wäre es für ihn jetzt genau der richtige Zeitpunkt, ein brennendes Zündholz unter die Spitze einer daumendicken Havanna zu halten und zu warten, bis der Rauch sich verteilt hatte.

Stattdessen zog er sein Taschentuch hervor und wischte sich damit über die Stirn bis zu seinem Haaransatz am Hinterkopf. »Ein bisschen Glück gehört zum Geschäft«, sagte er. »Wir erhielten einen Anruf von dem Dienst habenden Wachtmeister, den wir vor dem Krankenzimmer Andrzej Pszoniaks postiert hatten. Ihr junger Freund ist übrigens genauso verstockt wie Sie. Er hat noch immer nicht den Mund aufgemacht. Sie können stolz auf ihn sein.« Oeser warf mir noch einmal einen missbilligenden Blick zu und steckte sein Taschentuch wieder zurück in die Hosentasche. Dann fuhr er fort: »Der Kollege glaubte, den zur Fahndung ausgeschriebenen Pawel oder Piontek im Krankenhaus gesehen zu haben. Wir fuhren also sofort dorthin. Und tatsächlich, Pawel-Piontek drückte sich in derselben Etage herum, in der Ihr polnischer Freund liegt.«

»Hartmann hatte ihn beauftragt, Andrzej umzubringen«, sagte ich.

»Ach, das wissen Sie bereits. Aber solche Nebensächlichkeiten sind selbstverständlich kein Grund für Herrn Palmer, bei uns anzurufen?!«, sagte Oeser zu Bönninghaus. Der nickte und betrachtete die Bommeln seiner Schuhe.

»Ich habe gerade erst davon erfahren«, verteidigte ich mich.

Oeser runzelte die Stirn. »Pawel-Piontek hatte jedenfalls ein ziemlich spitzes Messer bei sich, als wir ihn festnahmen. Und zu unserer Überraschung war er – im Gegensatz zu Ihnen – äußerst redselig. Der Mann würde seine eigene Mutter verraten, wenn er sich davon einen Vorteil verspricht. Wir haben ihn natürlich in dieser Haltung bestärkt. So erfuhren wir unter anderem, dass er für einen gewissen Herrn Hartmann arbeitet, der hier draußen ein Studio besitzt, dass dieser Hartmann noch einen Kompagnon hat, der Grimm heißt, und so weiter – genug, um uns neugierig zu machen.

Aber dass wir Sie hier getroffen haben, selig schlummernd neben den beiden totgeschossenen Herren, das war eine echte Überraschung!«

Oeser und Bönninghaus wurden von einem Erkennungsdienstler im weißen Overall abgelenkt, der ihnen Fotos von Kindern zeigte, Jungen und Mädchen zwischen acht und zwölf, die frisch gekämmt in die Kamera lächelten. Auf manchen Bildern waren auch die Mütter zu sehen, die Hartmann wahrscheinlich mit seinen Heiratsanzeigen geködert hatte. Unwillkürlich musste ich an das Video denken. Ich sah die kleine Hand, die an das Bettgestell gekettet war, und ich fragte mich, ob Grimm freiwillig diese Rolle übernommen hatte oder ob er von Hartmann dazu gezwungen worden war. Doch diese Frage würde mir wohl niemand mehr beantworten können.

»Sie stehen ja noch immer hier herum!«, sagte Oeser plötzlich zu mir, während er dem Mann vom Erkennungsdienst die Fotos zurückgab. »Ich glaube, Ihre Freundin da draußen kann Sie jetzt brauchen. Ist schließlich nicht ganz leicht zu verkraften, dass der eigene Mann ein Perverser ist, besonders wenn er sich im nächsten Moment ungeniert die Pistole in den Mund steckt und abdrückt.«

Hannah hockte auf der Terrasse und sah hinüber zum Wald, als ginge sie das ganze Geschehen auf dem Grundstück nichts an – die vielen Fahrzeuge und die Leute, die da hin und her liefen mit Plastikplanen und Fotoapparaten. In einem der Autos bemerkte ich Pawel. Er blickte einfach durch mich hindurch, als würde er mich nicht erkennen. Neben ihm saß ein Polizist in Uniform, der eine Zigarette in der Hand hielt und den Rauch durch das offene Wagenfenster hinaus blies.

Ich ging zu Hannah und legte den Arm um ihre Schulter. Eine ganze Weile saßen wir stumm nebeneinander, als warteten wir auf den Sonnenuntergang.

Ein wirklich schöner Tag

»Hundert Mark«, sagte der Fachmann für Haushaltsauflösungen und An- und Verkauf, nachdem er mit seinem Hinterteil die Federung meines Sofas überprüft hatte.

»Hundert Mark!«, rief ich. »Für diese Spezialanfertigung aus den Fünfzigerjahren, einer Zeit, in der das Klappsofa neu definiert wurde?!«

Er lächelte und ging zur Tür. Die beiden Möbelträger, die er mitgebracht hatte, folgten ihm wortlos.

»Einverstanden«, sagte ich. »Nehmen Sie es mit.«

Der langhaarige Antiquar in der Ebertystraße zählte die Bücher, die sich vor ihm auf dem Tisch stapelten. Er überlegte kurz und sagte: »Hundert Mark.«

»Hundert Mark! Für den gesamten Brecht, Arbeitsjournal und Briefe inklusive?!«

Gleichgültig zuckte er mit den Schultern. »Ist 'n faires Angebot.«

Es war wie verhext. Alles, was ich zu verkaufen hatte, schien auf einmal hundert Mark wert zu sein. Vielleicht sollte ich irgendeinem Trödler mal meinen Salz-und-Pfeffer-Mantel anbieten.

»Okay«, sagte ich. »Hundert Mark.«

Aus der Zeitung erfuhr ich, dass sie Theo in Amsterdam verhaftet hatten. Die bunten Drecksblätter nannten ihn ›Ecstasy-Trepka‹ oder den ›Pillen-König‹. Sie machten aus ihm eine Art Paten der Techno-Szene, der unschuldigen Vierzehnjährigen das Geld ihrer Eltern aus den Taschen zog, dass sich die Nullen auf seinem Konto nur so aneinander reihten. Die Empörung der Schmuddelblattleser war vorprogrammiert. Und so machte der ›Fall Theo Trepka‹ mehr Schlagzeilen als die Mordgeschichte, in die ich verwickelt worden war.

Oeser hatte eine sehr sachliche Pressekonferenz gegeben. Um Missverständnisse zu vermeiden, legte er alle Einzelheiten des Falles dar, übrigens ohne den eigenen Ermittlungserfolg penetrant in den Vordergrund zu stellen, wie es Röntsch getan hätte, der in der zweiten Reihe saß und mir grimmige Blicke zuwarf. So erfuhr ich noch ein paar Neuigkeiten: dass Pawel der Mord an Agnes anhand von Faserproben seines Jacketts nachgewiesen werden konnte, er jedoch weiterhin hartnäckig leugnete, damit etwas zu tun zu haben; dass Grimm bei Hartmann mit hunderttausend Mark in der Kreide gestanden und trotzdem von ihm fünftausend Mark monatlich überwiesen bekommen hatte; dass insgesamt ungefähr zwanzig polnische Mütter auf Hartmanns Annoncentrick hereingefallen waren, von denen nicht eine einzige Anzeige erstattet hatte; dass Grimm vor Jahren in Frankfurt wegen sexueller Nötigung eines Minderjährigen angezeigt worden war, der Prozess jedoch wegen Mangels an Beweisen eingestellt werden musste – als Entlastungszeuge trat ein gewisser Udo Hartmann auf –; dass Hartmann mit der Stadt Frankfurt an der Oder seit einiger Zeit über die Einrichtung eines Bordells verhandelte hatte – vermutlich ausschließlich mit polnischem Personal. Wie gesagt, Oesers Pressekonferenz war sehr sachlich und informativ. Trotzdem wollten einige Zeitungen auf das Wort ›Polenmafia‹ in ihrer Überschrift nicht verzichten. Ein paarmal riefen Journalisten mit Interviewwünschen bei mir an, denen ich sagte, sie sollten sich an meinen Presseagenten Volker Röntsch wenden.

Auch an Andrzej hatten sie versucht heranzukommen. Doch der war ebenso wenig bereit wie ich, sich in einer Story verbraten zu lassen und dafür ein paar Scheine auf die Stirn geklebt zu bekommen. Nachdem sie ihn aus dem Krankenhaus entlassen hatten, wohnte er noch ein paar Tage bei mir. Er war sehr schweigsam, als ich ihn zum Bahnhof brachte. Die Leichen seiner Schwester und seines Neffen waren bereits nach Polen überführt worden. Ich versprach ihm, zur Beerdigung zu kommen. Er nickte und stieg in den Zug.

»Ich kümmere mich um einen Job für dich«, rief ich ihm noch durch das offene Fenster zu.

Er lächelte nur und rief zurück: »Kümmerst dich lieber zuerst um Job für dich!«

Ich fürchte, damit hatte er nicht ganz Unrecht.

Zu Hause fegte ich den Staub weg und legte die Luftmatratze an die Stelle, wo vorher das Sofa gestanden hatte. Es war ein wirklich schöner Tag. Ich stellte Chet Baker lauter, setzte mich mit einem trockenen Sherry in einen Korbstuhl, legte meine nackten Füße auf den Schreibtisch, dorthin, wo die Sonnenstrahlen sie erreichten, und dachte an Liss. Die Nummer, die mir Rutschke von der Drogenfahndung gegeben hatte, war nicht mehr aktuell. Liss befand sich jetzt in der psychiatrischen Anstalt Herzberge.

Ein wirklich schöner Tag, dachte ich, um sie dort zu besuchen. Gerade wollte ich meine Füße vom Schreibtisch nehmen, als das Telefon klingelte.

Es war Hannah. Sie wohnte zurzeit mit Konrad zusammen in der verwaisten Techno-Ecstasy-Kommunarden-Wohnung. In Leos Hundeherz war seitdem – ich glaube zu Recht – die Eifersucht zu Hause.

»Hallo«, sagte ich. »Was macht dein jugendlicher Liebhaber?«

»Du wirst es nicht glauben, mein lieber Henry, ich hatte heute Vormittag einen Termin beim Standesamt.«

»Wie pietätlos, wollt ihr nicht wenigstens warten, bis die Überurne deines Gatten unter der Erde ist?«

»Rate mal, wie ich heiße?«

»Was soll das heißen, wie du heißt?«

»Jeder Mensch hat einen Vor- und einen Nachnamen.«

»Hannah Lachmund!«, rief ich übermütig in die Leitung.

»Zehn Punkte für den Kandidaten«, sagte sie lachend.

Endlich mal eine gute Nachricht.

Krimis von Ralph Gerstenberg

Hart am Rand
ISBN 3-89425-264-2

»... Berliner Großstadtdschungel hautnah: Kneipiers, Abzocker, Prostituierte, Normalbürger, Schicki-Mickies, Spinner, Spießer, Besoffene, alles trifft sich auf engstem Raum ... glaubwürdige Figuren, die man, je nachdem, mit ein bisschen Glück oder Pech, in Berlin wirklich antreffen könnte.« (report. Das Buch der Woche)

»Alles ist da, was einen Krimi ausmacht, und doch hebt sich Gerstenbergs Buch gerade durch seine ironische Dimension wohltuend von jenen mehr oder minder glaubhaften Whodunnit-Storys ab, in denen mit sportlichem Ehrgeiz kriminalistische Rätsel verhandelt werden.« (tip)

»Eine dichte Story nicht ohne Witz, die zum Nachdenken anregt.« (Emsdettener Volkszeitung)

»Am Rand der Berliner Mitte ist alles im Umbruch – die Schickimickiszene bestimmt immer stärker das Nachtleben, die Konkurrenz unter den Nachtclubs wird größer und das Klima härter ...« (Literatur-Report)

Ganzheitlich sterben
ISBN 3-89425-236-7

»... eine der schrägsten Milieuschilderungen des Nach-Wende-Berlins, die wohl derzeit auf dem Buchmarkt zu finden ist ... Gerstenbergs zweiter Kriminalroman überzeugt nicht nur durch die Spannung der Story und die detailreiche Beschreibung eines Underdog-Berlins, dem bislang jede Stimme fehlte. Sehr erfrischend ist auch der beißende Spott, mit dem der Autor den Esoterik- und Selbstfindungswahn – von Männer-Masturbationsgruppen über Mond-Sitzungen bis zur Transzendentalmeditation – exekutiert. Kein Hauch von political correctness.« (amazon.de)

»Das Berliner Milieu der kleinen Leute abseits der großen Politik ist mit Ironie und Treffsicherheit beschrieben. Ein stimmiger, spannender gesellschaftskritischer Krimi.« (Buchprofile)

»Ein ebenso unkonventioneller wie sympathischer Held, ein klarer Handlungsfaden, der trotzdem Raum für überraschende Wendungen lässt, vor allem aber eine lebendige Sprache, die den Leser fesselt – Ralph Gerstenberg ... liefert mit seinem Zweitlingswerk ›Ganzheitlich sterben‹ ein starkes Stück Krimi-Literatur ab.« (Rhein-Zeitung)

Krimis von Jan Zweyer

Glück auf, Glück ab
ISBN 3-89425-212-X
Der erste Krimi mit Rainer Esch
Der Fahrsteiger Klaus Westhoff wird tot aufgefunden. Selbstmord, sagt die Polizei. Doch warum? Stefanie, Rainer Esch und Cengiz Kaya stoßen auf eine dubiose Investmentfirma.

Alte Genossen
ISBN 3-89425-221-9
Der zweite Krimi mit Rainer Esch
Die lukrative Tour für Taxifahrer Rainer Esch ist die letzte Fahrt von Jürgen Grohlers: Er wird erschossen. Und Esch wird fortan bedroht.

Siebte Sohle, Querschlag West
ISBN 3-89425-230-8
Der dritte Krimi mit Rainer Esch
Mord auf der siebten Sohle! Ein Bergmann wird tot aufgefunden. Schnell findet die Polizei einen Verdächtigen mit Gelegenheit und Motiv.

Tödliches Abseits
ISBN 3-89425-234-0
Der vierte Krimi mit Rainer Esch
Ein toter BVB-Anhänger, ein toter Bayern-Fan, ein toter HSF-Freund: Meuchelt ein fanatischer Schalke-Fan die Anhänger der Konkurrenz?

Georgs Geheimnis
ISBN 3-89425-242-1
Der fünfte Krimi mit Rainer Esch
Rentner Pawlitsch will wissen, ob sich Esch im Presserecht auskennt – und am nächsten Tag hat der Anwalt das Mandat eines Toten.

Tatort Töwerland
ISBN 3-89425-253-7
Der sechste Krimi mit Rainer Esch
Insel Juist, Weihnachten. Spekulanten streiten mit Ökos um einen Golfplatzbau. Und Rainer Esch gerät in einen Interessenkonflikt.

Glänzender Tod
ISBN 3-89425-263-4
Versicherungsdetektiv Jean Büsing sucht einen für tot erklärten Kunsthändler und gerät zwischen die Fronten von Kunstmafia und Geheimdiensten.

Krimis von Fabian Lenk

Brandaktuell

ISBN 3-89425-064-X

Der erste Krimi mit Boulevard-Reporter Bachmann

»Im Spannungsfeld von brennenden Asylbewerberheimen, Sensationspresse, Fascho-Szene und kommunalem Filz liegt der Reiz von Fabian Lenks ›Brandaktuell‹.« (Mainpresse)

»Neben der Krimi-Handlung bringt der Band sehr gut den alltäglichen Zynismus rüber, den wohl Menschen entwickeln, die im Boulevard-Journalismus voyeuristische Leser mit Stoff versorgen.« (Die Wage)

Schlaf, Kindlein, schlaf

ISBN 3-89425-075-5

Der zweite Krimi mit Boulevard-Reporter Bachmann

Lenk erzählt packend von Menschen zwischen Profilierungsssucht, der Jagd nach der heißen Story und dem Bemühen, einen Rest von Anstand zu bewahren.

»Hochspannung bis zum furiosen Schluß!« (Radio 8)

Mitgefangen, mitgehangen

ISBN 3-89425-209-X

Der dritte Krimi mit Boulevard-Reporter Bachmann

Im Urlaubsparadies geht die Angst um: Erst wird der Hotelmanager Richard Bergen in einer Scheune erhängt gefunden, dann der Richter Friedrich Seeger an einem Obstbaum aufgeknüpft. Wer wird das nächste Opfer des »Henkers«?

Der Gott der Gosse

ISBN 3-89425-223-5

Der vierte Krimi mit Boulevard-Reporter Bachmann

»Fabian Lenk ist ... ein herausragendes Stück Spannungsliteratur gelungen.« (Gießener Anzeiger)

Schattenland

ISBN 3-89425-241-3

Der fünfte Krimi mit Boulevard-Reporter Bachmann

Eine unheimliche Mordserie beunruhigt die Nürnberger Polizei: Den Opfern fehlen Organe. Tat eines Psychopathen oder Werk der chinesischen Organmafia?

Paparazzi-Poker

ISBN 3-89425-258-8

Paparazzo Milo Lose fotografiert Fernsehstar Ted von Then beim Seitensprung. Doch dann wird der Prominente ermordet – der Fotograf hat von Thens letzte Sekunden im Bild festgehalten und wittert ein profitables Geschäft.

»Pegasus«-Krimis von Ard & Junge

Das Ekel von Datteln
1. Band der PEGASUS-Serie ISBN 3-89425-426-2
»Gründlich ausrecherchiert - darum sehr realitätsnah - ist die Szenerie an den Schauplätzen des kriminellen Geschehens.« (Ruhr-Nachrichten)

Das Ekel schlägt zurück
2. Band der PEGASUS-Serie ISBN 3-89425-010-0
»Tempo, Spannung, der milieusichere Blick in die rauhe Herzlichkeit des Revier-Genossen-Filzes.« (Manfred Breuckmann/WDR)

Die Waffen des Ekels
3. Band der PEGASUS-Serie ISBN 3-89425-021-6
»Genial springen die Autoren zwischen mehreren Handlungssträngen, spielen mit der deutschen Sprache wie mit Verdachtsmomenten; so entsteht Lesevergnügen vom Feinsten.« (SCHNÜSS, Bonn)

Meine Niere, deine Niere
4. Band der PEGASUS-Serie ISBN 3-89425-028-3
PEGASUS, das berühmteste Videoteam zwischen Marten, Oespel und Lütgendortmund, deckt kriminellen Organhandel auf.

Der Witwenschüttler
5. Band der PEGASUS-Serie ISBN 3-89425-044-5
Doppelmord in Recklinghausen: Die Opfer sind der Umweltminister von NRW und seine Geliebte. Private Rache oder Terror?

Totes Kreuz
6. Band der PEGASUS-Serie ISBN 3-89425-070-4
Panik in Datteln: Zwei Altenpflegerinnen werden ermordet, ein altes Ekel nervt und Zivi Kalle Mager ruft PEGASUS zu Hilfe.

Straßenfest
7. Band der PEGASUS-Serie ISBN 3-89425-213-8
Punker-Happening beim Straßenfest in einer spießigen Reihenhaussiedlung - es gibt Tote, PEGASUS filmt und Lohkamp ermittelt.

Glatzenschnitt
8. Band der PEGASUS-Serie ISBN 3-89425-257-X
Skinheads vergewaltigen eine Türkin – danach setzt das große Sterben bei Mitgliedern der ›Heimatfront Ruhr‹ ein.